深夜疑家家居!

本书是一部原创恐怖小说。小说内容不以任何家居零售商或制造商为原型,本故事中的人物及故事情节纯属虚构。书中所有家具及商品纯属作者个人想象。

让Orsk帮你做自己
——以Orsk的方式!

自己选择!

走过展厅,感受精美设计和家居制品带来的快感。

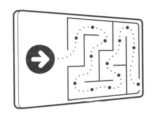

自己包装!

写下您心仪的家具名称后到我们的自助仓库寻找。Orsk的所有产品都是便于运输的简易平板包装。

自己挑选!

了解、进店、挑选、购买。我们将让您明白如何主宰自己的生活。

您的生活,您的格调,我们的家具。

自己组装!

请谨记,若您未遵循我们的简易组装指示进行家具组装,则保修无效。

享受自我!

Orsk是全球精美家具制品零售行业中的翘楚,我们在每个人生活的每个阶段都供其所求。请让我们帮助您成为最好的自己!

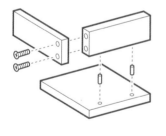

选择Orsk!

在这里,商店员工会帮助您打造理想的精美厨房,豪华卫浴或终极储物方案。您有任何问题,只管来Orsk!

Orsk: 给每个人更好的家 。

ORSK 送货上门订单

付款人

姓名

街道地址

所在城市 ｜ 邮编

所在国家

联系电话

邮箱

收货人
（收货人与付款人不同时，请填写该项）

姓名

街道地址

城市 ｜ 邮编

所在国家

联系电话

您希望自己的邮箱被列入我们公司的邮寄名单吗？　○ 希望　○ 不希望

产品	产品名称	数量	价格	总计
			订购总金额	
			优惠码金额	

支付方式

○现金/汇票　○Orsk威士卡*　○万事达信用卡**

○运通卡　○礼品卡　○优惠码

持卡类型#

持卡人姓名

持卡有效期　　/　　/

礼品卡#

四位数PIN码#

优惠码#

美国国内运送时间统一为2—5天

订购总金额/运输费用	
最多25美元	4.95美元
25.01美元—50美元	6.95美元
50.51美元—100美元	7.95美元
100.01美元及以上	9.95美元

订单总计优惠折扣

营业税纳入小计

礼品卡和Orsk威士卡优惠折扣

快递需另付15美元，于2个工作日到达

超大货物运送需加付费用（参照产品描述中的规定）

运输时间为2—5天

总计

*不支持现金付款。货到付款和邮票兑付。因余额不足而退还的支票将电邮至您的账户。

**用Orsk威士卡付款将享受运费全免。如需了解更多优惠政策，请登录www.usaorsk.com

想要最好的平板家具和居家配件送货到您家？那就来Orsk吧！

我们送货上门的服务全年无休，让我们的家具组装技术员围着您的安排表转吧。

我们的产品100%包您满意。*

价格： 您的满意度对Orsk很重要。我们坚信您一定可以理解我们百密一疏的小失误，偶尔出现定价误差的情况Orsk将不予支付。

顾客交流： 我们喜欢和顾客接触交流！您可以选择接收我们消息的方式——通过Orsk商品目录或是每周的邮件更新提醒。若您希望减少对我们的关注量，请登录Orsk网址，进入"我的账户"一栏重新设置。

隐私权政策： 我们会时常向您可能感兴趣的产品商家公开顾客邮箱列表。若您不希望收到邮件，请登录Orsk网站，进入"我的账户"一栏重新设置。

退货： 若您需要退回或退换商品，请按照订单信息里所附的装箱单指示，贴上退货标签后将商品寄还给我们。本店不接受私人订制商品或从店里或线上购买的打折商品的退货要求。若您需要了解关于退货的更多详细信息，请登录www.orskusa.com。

家庭购物： 在Orsk消费极度简单便捷，您无需思考。您可以选择到离您最近的店铺，也可以选择网上购物或电话购物等任何适合您的消费方式。我们的网站和电话销售系统全年无休，您可以在任何时间购买到Orsk的产品。只要您来，我们定在。

有问题找诺亚： "从不断线，时刻效劳"。诺亚是我们的自助购物专人服务。您可以通过手机查询库存，在线比价，不用出门就可以安排送货上门服务，在家就能了解有用的产品信息。诺亚有帮助、有效率、有价值。拥有诺亚就像拥有一个随时准备满足您的要求，给您生活带来安逸舒适的仆人。使用诺亚不需要任何额外费用，您只需挂断电话或退出网页。它会时刻在您需要的时候提供帮助。

安装顾问： 请务必在购买橱柜、台上盆、架子甚至沙发的时候确认好您需要的准确尺寸。Orsk可随时指派一名安装顾问亲自到您家中提供有用的尺寸建议，且报酬低廉。现在花小钱，避免日后大麻烦。

《存在！》： Orsk新版免费的生活方式及设计电子杂志《存在！》将为您在线提供搭配建议、运输方案。幕后独家信息以及Orsk家族的动态内容。您不用再专程赶来Orsk体验一把，因为现在Orsk将服务提供到您家门了！

我们的会员： 加入我们的会员将会享受特殊会员价格及福利津贴，加入Orsk会员成为最幸福的会员吧！您只需在店内的特殊会员区扫描您的会员卡即可享受指定家具及餐饮优惠，还可免费领肉球、矿泉水以及享受其他给力的优惠活动。会员卡终身有效，且您的家人也可一同享受会员待遇，所以带上他们到Orsk来体验一把会员的满足感与安全感吧。

*90天内。

HORRO

RSTÖR

深夜疑家家居

【美】格雷迪·亨德里克斯 | 著

崔玲 | 译

安迪·里德 | 设计

迈克尔·罗格尔斯基 | 插画

克里斯汀·费拉拉 | 封面

北京时代华文书局

BROOKA 01

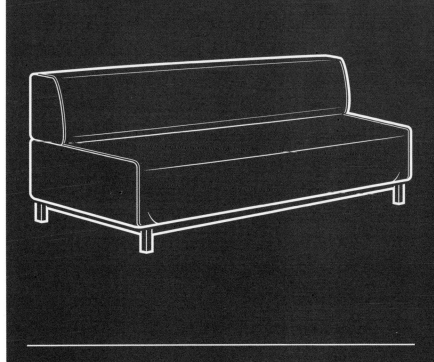

这是一款你梦寐以求的沙发，记忆泡棉垫配上放松脖颈的高靠背，Brooka能让你舒爽一整天。

产品颜色：森绿色、紫红色、深红色、黑色
产品尺寸：长82CM，宽223CM，高87CM
产品编号：5124696669

天色将亮，员工们无精打采地穿过停车场，朝街道尽头的黄色建筑蹒跚而去。现在的他们就犹如行尸走肉一般，只有星巴克的大杯咖啡能让他们再次精神焕发。造成他们精神不济的原因有很多，也许是一夜宿醉后的困倦，噩梦惊醒之后的辗转反侧，过度沉溺网游后的疲乏，熬夜看晚间节目打乱了生理节律；又或是不停哭泣吵闹的孩子、邻居的彻夜狂欢、受伤的心、没有缴纳的账单、生病的狗、叛逆的女儿、体弱的父母带来的烦心；抑或是冰淇淋狂欢派对后的疲累。

　　然而工作是他们一生中唯一不变的指望，因此在每周五个工作日的早晨（甚至周末加班），他们都会拖着身躯来到这里，不管发生什么，是失去爱宠还是婚姻不合，他们都风雨无阻。

　　Orsk是位于斯堪的纳维亚的一家美国家居商城，其专营设计精美，且价格比宜家更低廉的家居制品。这家店的服务口号是："让每个人的生活更美好。"尤其是对于那些每年都到公司总部、威斯康星州的密尔沃基去学习公司如何仿冒宜家家居赚取高额利润的股东们来说，生活更是美好。Orsk向顾客承诺，在每个人生活中的每个阶段都 "供其所求"，从Balsak摇篮，到Gutevol轮椅，除了暂时不售卖棺材之外，其他的都一应俱全。

　　Orsk是一家拥有三百一十八位员工的大心脏，其中二百二十八名是全职员工、剩余的九十名是兼职员工，他们保证了这颗心脏永不停歇的循环。每天早晨，员工们蜂拥着打卡而入，随即打开电脑，帮助顾客测量完美尺寸的Knäbble橱柜，寻找最舒适的Müskk四柱床以及最合适的Lågniá玻璃杯。每天下午，大批补货人员都会进入自助式仓库，装满推车，推送拉货板到销售层。这是一个毫无漏洞的运作系统，Orsk公司向全北美一百一十二个服务点以及世界上的三十八个服务点提供最佳的零售服务。

　　然而在六月第一个星期六的早上七点，位于俄亥俄州凯霍加县的Orsk营业点暂停了营业，因为员工入口处的读卡机坏掉了，公司的所有员工都疑惑地簇拥在门边，对着扫描机慌张地挥舞着工作证，直到代理店长巴兹尔的出现。他要求所有员工都去大楼侧面的顾客入口。

　　顾客走过两层楼高的玻璃中庭，然后乘坐电梯上了Orsk家居商城的二楼，开始参观像迷宫一样的展厅。Orsk公司的设计师、建筑师以及零售顾问设计这些展厅的目的，是要让顾客以最佳方式接触了解Orsk家居。不过，目前存在的另一个问题是：本应该到达上层楼的电梯却在下降。销售人员跑到中庭之后停了下来，他们不知道接下来应该怎么做。工程部员工跳到他们身后，后面紧跟着的是售后人员、人力资源部门员工以及运货人员。很快他们全都争先恐后地向双扇门外跑去。

　　艾米在停车场看见了前方拥挤的人群，她手拿着一杯咖啡向人群走去，咖啡杯漏了。

　　"不是吧，"她心想，"今天不要这么倒霉吧。"

　　三周前她在高速公路旁买了这个咖啡杯，因为店家承诺用这个杯子能永久免费续杯，当时艾米身上只有1.49美元，她希望这点钱能物尽其用，所以买下了它。而这1.49美元买来的咖啡杯也撑不过今天了，咖啡一点一点地向外渗漏。当她慌张地走向拥挤的员工群时，手中的咖啡杯终于撑不住了，杯底掉了，咖啡洒得她满裙子都是，而艾米却根本没有注意到。她知道每当人们团团围观时就意味着出事了，而一旦出事就会有经理出来进行处理。今天解决问题的经理就是巴兹尔。她今天绝不能让巴兹尔看到她。

　　马特一如既往地穿着那套黑色连帽衫，他潜藏在人群旁边，闷闷不乐地站在朝阳下吃着蛋松饼，眼睛由于阳光的照射而一直斜视着。

"怎么回事啊？"艾米问道。

"监狱的门打不开，我们不用服刑了。"马特一边说一边从他那浓密的嬉皮士胡须中挑出松饼碎末。

"员工入口那边呢？"

"那边已经挤满了。"

"那我们怎么打卡啊？"

"不用那么着急，"马特一边回答一边舔着残留在胡须中的那一点奶酪，"反正里面就只有零售业无穷无尽的奴役和剥削，以及无条件服从。"

从艾米现在所站的位置，只要稍微一抬眼就能透过前面的窗户依稀看到高大笨拙的巴兹尔，他正挥舞着手臂，试图疏散拥挤慌乱的人群。即使是与巴兹尔在这样的距离接触也让艾米害怕得后背一阵发凉。不过好在巴兹尔背对着她，所以她有机会避开。

"你说得不错。"她对马特回答道。

随后她便趁机钻进拥挤的人群，像忍者一样躲在别人身后，一路小心翼翼地穿过人群，溜进了一块空地。进入中庭后，她立马被Orsk治愈性的氛围怀抱，这里的室温、照明、音乐音量以及平静的气氛总是刚刚好。但在这一天早上，一切却怪怪的，空气中弥漫着不祥和的味道。

"我觉得，这部扶梯并没有在上行过程中改变方向突然下行，从原理上来讲，扶梯运行过程中真的可能出现这种情况吗？"巴兹尔对一旁的几名操作工人说。而此时他们正不停敲击着急停按钮，但并没有任何作用。

艾米没有逗留，她没心思关心眼前的状况，她今天甚至接下来的几天里唯一的目标就是不惜一切代价躲避巴兹尔，尽量不与他正面接触。她心想，只要巴兹尔没看到她，就不可能炒她鱿鱼。

大家都心知肚明，虽然Orsk在凯霍加县的分销店营业了十一个月，但一直未达到公司的销售预期。这里并不缺少客源，尤其是每到周末，展厅和销售层都挤满了人。一家老小、退休人员、无处可去的人、大学室友、新婚夫妇、前来买家里第一套沙发的夫妻……一大批顾客都会选择来到这里，他们攥着商店指示图，包里塞满写着家具型号的便利贴和从店内商品目录中撕下的介绍页面，信用卡在他们的钱包里蠢蠢欲动，他们随时准备好在这里洒金。

然而即便如此，这里的销售额仍不能达标，背后的原因无人知晓。

艾米是从距凯霍加县五十英里的扬斯敦市调过来的，最初她并不介意此次调配，因为她居住在两地的折中地带，而且上下班乘车路程也没有改变。但这十一个月以来，她受够了。于是她再次提交了一份调配申请，要求重新调回扬斯敦市。而这段时间她的申请正在Orsk总部进行处理，所以她只要再多坚持几天就可以解脱了。

新上任的副店长巴兹尔就是艾米要求调离凯霍加县的原因。他是一个身材高大的黑人，总是穿着干洗的工作衫，摆出完美的姿态。自从他上任以来就一直为难艾米。他经常到艾米负责的区域，评判她所做的决定，并自顾自地提出一些艾米并不需要的建议。艾米知道巴兹尔正等着她出差错，好抓住她的小辫子解雇她。每次临近裁员的时候（大家都知道公司即将进行又一轮裁员），空气中都弥漫着紧张的气氛。艾米知道她一定是巴兹尔的首个裁员对象。

因此在她的调配申请未得到批准之前，她都要竭尽全力好好表现。她每天按时上班；微笑迎客；坚守岗位直到轮班的最后一分钟；确保她的制服每天都整洁工整（米黄色的马球衫搭配蓝色牛仔裤和匡威运动鞋）；克制住自己总想和巴兹尔顶嘴的冲动；最重要的是，她决定一直躲着巴兹尔。

伴随着尖利的金属碰撞声和齿轮摩擦声，下行的扶梯突然停了下来，然后开始上行。巴兹尔看到电梯恢复正常运行后想要拍拍操作工们的后背，而工人们却做出了击掌的姿势，场面很是尴尬。

"拿出点儿勇气来，来！"巴兹尔好几次拍手鼓舞大家上扶梯。

随后簇拥在一层的员工们纷纷走上扶梯，乘坐至二层：展示厅。

为了避开巴兹尔，艾米宁愿选择绕路也不想冒险混进人群从他面前走过，所以她没有坐上扶梯。艾米没有选择公司精英们专为顾客设计的那条路，而是往后走，穿过Orsk，从结账登记台处开始沿着走道一直顺时针走向扶梯顶层的展厅入口，整个过程就好像是顺着消化道进入某人的口中。Orsk原本的布局设计是让顾客沿着逆时针方向行走，这样眼前的商品会让他们目不暇接，激发消费欲。

沿着楼梯顺时针走就好像是经过一个灯火通明的恐怖屋，但本该有的恐怖神秘感却消失殆尽。行走途中也并没有出现沿逆时针行走时人消费欲高涨的感觉。

艾米先是跑过登记台，沿着自助仓库中间宽敞的通道向前走。仓库的天花板有五十英尺高，里面货架堆积，每一列工业货架上都摆放着平板家具。横向望去，货架一直延伸，直至消失在仓库深处无尽的灰暗中。阴冷的仓库就像是硬纸板和十四号钢材堆砌而成的城市，艾米在这偌大的空间中显得极其渺小。她走过仓库内的四十一条通道后看到了突然下降了高度的天花板，这里就是和销售层之间的交界。

随后，她匆匆穿过满是香味的家装样板间，里面的货箱都散发着香薰的味道，接着她跑过带有艺术气息的墙面设计样板间，来到旋转门前，门外有一条捷径，她穿过旋转门，从灯光柔和的光廊走到摆卖餐具的地方，通往展厅的楼梯就在那里。

艾米沿着楼梯大步地往上走，楼梯顶部在展厅层的咖啡馆旁边。她爬上楼梯，从咖啡馆旁钻出来进入了展厅。这个展厅是整个Orsk的中心，里面满是用Orsk的家具制品搭设而成的样板间（里面摆设的所有家具在楼下的自助仓库里都有现货），看起来就像是一个个真正的家一样，琳琅满目，目不暇接。艾米迅速走过儿童房展区，走向样板间中间的通道，就在这时她感觉到有人在盯着她，于是她停了下来。

一个男人就站在远处靠近双层床的位置，即使隔得这么远，艾米也能确定他并不是店内员工，因为Orsk的员工在上班时间分别穿着四种不同颜色的工作服：商场导购穿米黄色衬衣；补货人员穿橘色衬衣；操作人员穿棕色衬衣；实习生穿红色衬衣。但这个盯着她看的男人却身穿深蓝色衬衣，这并不是公司内部人员的穿着。他大概是之前进店的顾客吧。

艾米还没有来得及仔细观察，这个男人就迅速转身冲进了衣柜展区。艾米不在乎地耸耸肩：管他是谁呢，不关我的事。

对于现在的她来说，在调离这里之前都尽量避免与巴兹尔见面才是头等大事。

她从捷径进入储物间，从一排排Tawse和Ficcaro储物柜中间走过，终于到了家庭办公室区，但里面除了桌子以外，其实什么都没有。艾米称这里是"家"，而巴兹尔就站在这个"家"的旁边，身后围着几个身穿红色衬衣的实习生。

"早上好，艾米，"巴兹尔对着艾米说道，"你马上带这些实习生到主通道那边去转转。"

"我很乐意带他们去，但昨天帕特让我核查一下库存。"艾米强颜欢笑地回答着，她感觉自己的脸都快变形了。

"你，现在，带这些实习生到主通道那边去转转。"巴兹尔又重复了一遍，"至于核查库存，可以派其他人去。"

艾米正准备顶嘴（面对巴兹尔时，艾米总是有一股顶嘴的冲动，他说的每一个字艾米都想反驳），忽然手机响了起来，是短信。巴兹尔一脸不可思议地看着艾米伸手到口袋里摸出手机。

"你们看，艾米果然知道员工在上班期间决不允许带手机到展厅来。"巴兹尔大声对着身后的实习生们说道，言语里满是讽刺。

"又是一条求助短信。"艾米一边说一边给巴兹尔看手机屏幕上的短信。

几周前，几个商场导购开始收到来自同一陌生私人号码的短信，短信内容只有两个字：救我。接下来的几天，越来越多同样的短信铺天盖地而来，大家都被吓坏了。而公司声称因为这与Orsk并无关联，所以IT部门不能出面进行处理。公司建议这些收到短信的员工屏蔽这个骚扰号码，或者咨询提供手机业务的服务商。这两种方法艾米都尝试过了，但同样的求助短信还是会势不可挡地袭来。

"所有员工必须将手机放在自己的储物柜里！"巴兹尔态度很强硬，似乎想震慑住艾米。他继续说道："而艾米，你本应该在打卡前就将手机放好。"

　　此时艾米突然意识到她并没有打卡，也就意味着在她偷偷溜回打卡机去补打卡之前，她都相当于是免费劳动力。但此刻她并不敢让巴兹尔知道，尤其是在巴兹尔正盘算着以什么理由开除她的时候。艾米决定遵循她保住工作的第一条戒律：不要在试图开除你的人面前表现得像个傻子。

　　于是艾米对着巴兹尔挤出了一个微笑，她尽量压制着心中的恐慌，对所有的实习生说道："那么，我先自我介绍一下，我叫艾米，这层就是我们公司的展厅，每个新顾客的Orsk之旅都将会从这里开始，所以接下来我也会从这里开始一一给你们介绍。我们公司占地二十二万平方英尺，顾客可以根据地板上的指示图标到达需要的家具售卖间，这条小道被称为金光大道，"艾米边说边指着地板上散布的白色大箭头，"设计这条金光大道的目的是为了让顾客能从展厅入口到收银台的这段旅程中得到最佳体验。店内有许多捷径小道，我会在稍后路过的时候再次告诉你们。"

　　艾米之前做过太多次这样的讲解，所以她再次讲解时并不太专心，事实上她此时满脑子想的都是巴兹尔以及他令自己生厌的所有原因。艾米讨厌他并不是因为他明明比自己小三岁，职位却高五级；不是因为他瘦得皮包骨头，看起来就像美剧《凡人琐事》中的角色乌克尔长高后的样子；也不是因为他整天喋喋不休地说着那些冠冕堂皇的鼓舞人心的话语；都不是，艾米的厌恶源自于巴兹尔表现出的对她的同情，就好像艾米是他的慈善对象，好像她需要更多的关注。正是这些举动让艾米想直接一拳打到他脸上。

"第一次到Orsk的顾客通常会在店内待三个半小时，而这其中的大部分时间他们都停留在展厅这一层。这时我们的目标是激发他们更多的消费欲，而不是让他们买好自己清单上的东西后转身就走。我们要让顾客了解，当他们把家装交给Orsk后，生活会变得多么优雅充实。顾客从眼前的这条金光大道中接收到的潜在信息就是：慢慢挑选，后面还有很多可供参考的商品。我们要让顾客觉得虽然自己只想买一个Genofakte的叠放台桌，但旁边如果配上Reniflur的落地灯会让整个房间更精美。"

巴兹尔在展厅层闲逛，他似乎相信艾米会圆满完成他下达的任务。艾米朝着大道反方向走去，身着红色衬衣的实习生们仿佛一群小鸭子般紧紧跟在她身后。

"来Orsk的通常有两种类型的顾客，"艾米继续说道，"一种类型的顾客只看不买，而另一种类型的则看见什么买什么，但他们只有到了楼下的家具销售层才会真正开始消费，那片区域就被称为'洒金地'。而其设计目的就是为了让顾客感受到空前的零售压力，让他们不得不花钱。销售层中员工的任务就是让顾客买点儿东西，哪怕只是一个电灯泡，因为一旦我们勾起了他们任何一点点的消费欲，他们就会花钱。平均每个顾客会在这一层花费掉九十七美元。"

艾米带着实习生们来到客厅和沙发专区，马特也在这里，他和另一名员工正一起推着平板车。看到巴兹尔在距自己很远的地方，艾米的语气渐渐放松下来，她收起脸上的笑容，恢复到了平常的那个自己。

"我们左边这位就是一个整天推送货物的导购，"艾米对着实习生们大声说道，"想要在客厅展区和沙发展区工作就必须有力气举起至少五十磅重的东西，这也就意味着只有身材最健硕的男人才能胜任这项业务。有谁知道BA（business area，业务范围的缩写）是什么意思吗？"

"业务范围？"一位实习生尝试地回答道。

"那我们需要在业务范围内做什么呢？"艾米继续问。

一片沉默。虽然答案就在员工手册的封面上，但却从来没有人能正确回答这个问题。

"我们分享快乐啊！我们将Orsk的快乐分享给顾客。"艾米说道。

艾米向马特靠近两步，一股刺鼻的味道扑面而来，是厕所、热饮和腐臭海鲜混杂在一起的味道。实习生们也很快闻到了，纷纷把红色衬衣往上拉，挡住鼻子。Brooka沙发的脚垫（经典商品中的Blarg款）上全是黑色污渍。

"我很高兴大家看到了这样的场景，"艾米告诉他们，"在Orsk工作的众多好处之一就是有机会接触来自各个阶层、生活方式各异的顾客，包括那些在昂贵的沙发上换尿布的顾客。"

"事实上，我们早上开门的时候就是这副脏乱的样子。"马特说道。

"也就是说昨天负责关门的员工没有进行清理，而把它们留给了早上开门的员工。"艾米随即对着实习生们说道，"你们看，Orsk就是这样一个人吃人、自相残杀的世界。"

马特摇摇头说道："昨晚是我关的门，我走的时候沙发是干净的，我也不知道怎么会变成这样。"

"其实，"艾米说，"Orsk批准了在每个信息亭旁边都放一个无毒空气清新剂，这样一来，当那些女顾客把换下来的尿布偷偷放在沙发后面的时候，店内才不会一整天都充斥着一股刺鼻的味道。"

"店内经常会发生这样的事吗？"一名实习生问道。

"长期如此，"马特回答，"人们来这里不只是消费，有些顾客认为这里就是他们自己的客厅，还顺带有客房清洁服务，而你们就是那个负责打扫的清洁工。他们总是搞得一片狼藉，你们不得不跟在后面清洁打扫，而像这样到处乱扔的尿布只是个开始。上周我遇到一位咀嚼烟草的顾客，他咀嚼完后直接将烟草吐到可乐罐里，但他老是不小心吐到地上，结果搞得整个地板上都是散落的棕色烟草叶。"

"你们可要记住这振奋人心的故事，"她说道，"现在带你们到卖储物柜的地方去转转，这是Orsk中最不受人欢迎的区域，因为从不会有人提前在家里量好尺寸。"

在接下来的两个小时零十分钟里，艾米带着实习生们把整个展厅转了个遍，从厨房专区、餐厅专区到卧房专区、卫生间专区、衣柜专区以及儿童专区。临近中午时分，他们转到了展厅内的咖啡馆附近，艾米在一面墙边停了下来，墙上挂着十张黑框相片，相片上都是店内的高管人员，每个人的脸上都挂满脸灿烂的笑容。

"这里就是你们期盼有一天能把自己相片挂上去的地方。好了，我们今天就在名人墙这里结束吧。"艾米继续说道，"相片中的这些人都是我们Orsk的精英。如果你们想保住工作，我建议你们最好记住他们每个人的名字和长相，然后躲得远远的，离他们越远越好。"

正当实习生们努力想要记住相片中的每个人时（有些实习生觉得艾米也是重要人物，正努力试着记住她的脸），特里妮缇出现在了艾米的身后。

"你相信鬼吗？"特里妮缇突然开口问道。

"妈呀！"艾米被吓得后退了几步。

"我觉得他就是一个鬼，"特里妮缇说道，"但我指的鬼远不止是电影《鬼影实录》里那种。我认为这世界上有两种人，一种是相信有鬼的人，一种是认为鬼不存在的人，你是属于哪一种？"

每当艾米看到那些无忧无虑、受人欢迎又精力充沛的人时都会想到电影《小魔怪》里面的那个小精灵，特里妮缇就是其中一个。她在你面前闲聊半小时，你就想把她塞进搅拌机。你会猜测她的父母可能都是极度信奉基督教的韩国人，所以才会允许她把头发染成彩色、在舌头上穿环、在后腰文身、涂彩色指甲油。虽然一脸鄙夷，但艾米知道特里妮缇做个指甲就要花掉一百二十五美元，她的发型也是专门到理发店里打理的，舌环更是花了大价钱，而且她身上的文身也并不便宜。艾米心想：只要特里妮缇乖乖听话就能顺利拿到家长的信用卡。

"实习生们，今天你们很幸运，"艾米转身对着他们说道，"特里妮缇负责装潢和设计，只要职位再升一级就可以调到Orsk美国总部工作。"

几个实习生开始兴奋起来。公司总部的员工福利、待遇都是最好的。更重要的是，他们不用接待客户，不用跟顾客玩把戏：客户会指出塔吉特商场里有同款，而且价格更便宜，然后他们就会提出给顾客八折优惠，用折扣引诱他们购买。

实习生们开始向特里妮缇请教：你怎么知道一间房子算是装潢完毕了呢？你花了多长时间掌握Orsk的九十九种家居装潢方案？放上假电脑的桌子，销量是不是真的是普通桌子的六倍？

"人力资源部门的人马上会过来，"艾米对着实习生们说道，"接下来由他们带领你们继续参观了解Orsk。"

没有人在意她在说些什么，所有人的注意力都在特里妮缇身上。

"这些问题都提得非常好！"她鼓舞着实习生们，然后继续说道，"但我只回答那些忠实信徒的问题。你们当中有多少人见过鬼？见过的马上举手。"

艾米把这些实习生丢给特里妮缇后，就回到办公室准备检查库存。自从十一个月前凯霍加县的店开业以来，电脑上的存货统计就经常出错。所以，员工们不得不每天一遍又一遍地到各楼层去清点库存。这就是那种日复一日，不断重复，直至将人的精神一点一滴消磨殆尽的工作。

最近存货统计出问题的是Tossur跑步机办公桌，这是Orsk家具史上的第一款运动家具。艾米认为这款办公桌的设计者简直是疯了。对她来说，这世界上的工作分两种：一种是一直站着的工作，另一种是可以坐着的工作。前者表示薪水是以工时计算，而后者则表示每月薪资固定。目前艾米的工作属于前者（她并不满意），但她知道，如果足够幸运，有一天她会得到一份可以坐着的工作（她的理想工作）。然而，Tossur这款独特的跑步机办公桌设计却彻底颠覆了艾米的这套理论。用跑步机办公桌工作算是站着还是坐着呢？光是想想她都觉得头疼。

她站在自己的办公桌前，从桌上拽出存货核查清单，此时特里妮缇再一次突然出现。

"啊！"艾米惊叫了一声。

"刚刚忘了告诉你，巴兹尔让你去一趟他的办公室，他要和你单独谈话，你知道什么意思吧。"

艾米吓得表情都僵了："他有没有说其他什么？有没有告诉你为什么要让我去？"

　　"这还用说吗？"特里妮缇偷笑着说道，"他一定会开除你，你死定了。"

DRITTSËKK 02

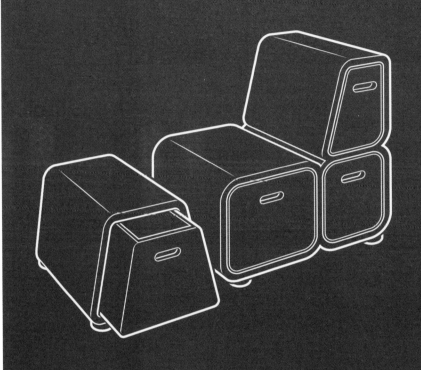

Drittsëkk组合座椅，集存储柜和座椅于一身，有效利用每一寸空间。让房间装下你的想象和情谊。

产品颜色：黄绿色、柠檬黄、火鹤红、雪白色、黑色
产品尺寸：长81.9CM，宽108.6CM，高87CM
产品编号：5498766643

艾米穿过咖啡馆，从后门走了出去。门外这条走廊旁都是办公室：人力资源部、IT部以及营业部，她从这些门前一一走过，来到巴兹尔的办公室门前，轻轻推开了门。她看见一个中年妇女独自坐在Drittsëkk组合座椅上，满头金发，涂着厚厚的睫毛膏，看起来就像是一位西部乡村歌手，她正往嘴上轻轻涂抹着碧唇牌唇膏。

"露丝·安妮？"艾米难以置信地问着眼前的这个女人，"你也要被开除？"

"这个嘛，"露丝·安妮故作镇定，一边扭转着手中唇膏的盖帽一边回答道，"我不妄下定论。"

艾米关上门，坐到了另一个Drittsëkk组合座椅上，她有多懒惰、多不值得信任，露丝·安妮就有多认真、多负责。如今巴兹尔把她们两个都叫到了办公室，看来这次裁员的形势远比艾米想象得严峻。

此时的艾米开始胡思乱想。如果连露丝·安妮都要被开除，那她自己肯定也死定了。如果她被开除，那一切都完了。她会付不起房租，最终搬回去和她妈妈一起挤在拖车里生活。做销售如果每小时赚十二美元，再加上福利金就不算太糟，但如果她失去了这份工作，那么她除了做商场售货员以外别无选择，而且这些工作的酬劳都是最少的，在俄亥俄州也就意味着每小时只有7.95美元。这么一点钱她根本付不起房租，也活不下去。可是如果连露丝·安妮都要被开除，那她也铁定逃不过这一劫。

这些想法在她脑子里一遍遍重复着。

"他们有没有跟你说什么？"艾米问。

"没有，"露丝·安妮回答道，"但我相信巴兹尔把我们都叫到这里有他自己的原因。"

"我们将是第一批被裁掉的，他要开除我们。"

"我们一起祈祷吧，希望我们的担心都是多余的，"露丝·安妮继续说道，"说不定是什么好事呢。"

露丝·安妮就是这样一个人。她记得每个人的生日；记得人们就职的周年纪念日；记得每个孩子的名字；记得每对夫妇的工作。她用相同的态度对待公司里的前辈和晚辈。她不摆架子，不卑躬屈膝，也从来没有跟任何一个人恶语相向。

她从工作了十三年的扬斯敦店转到凯霍加店，只是为了"尝试新鲜事物"。她现在已经四十七岁了，却仍孤身一人，没有结婚，没有孩子，大家也都没有听说过她有任何一个认真交往的对象。她把Orsk当成自己的家，每天都加倍努力为Orsk工作，希望让它变得更好。作为一名收银员，她认为让每位顾客都带着满意的微笑出门是她的职责。她活着就是为了取悦他人。

"我很欣赏你的乐观态度，"艾米说道，"但既然你和我同时出现在这里，那就一定不是什么好事。"

"你不要担心，"露丝·安妮抿了抿嘴唇，"我们就坐在这里等消息，不管接下来发生什么，我们都一起面对。"

然后她转过来给了艾米一个拥抱。艾米的眼泪夺眶而出，喉咙里没有发出丝毫声音；她想要说点什么，却哽咽了。因为她知道自己一旦开口便会哭出声来。她答应自己绝不能哭。她的工作可以被夺走，但尊严不行。艾米推开露丝·安妮，咬了咬牙，低头盯着地毯。

到底何以沦落至此？十八岁以前，艾米的人生目标就是逃离和妈妈一起挤在拖车中的生活。当她的指导老师嘲讽她想要上大学的想法是多么可笑时，她却已经争取到了去克利夫兰州立大学攻读商业设计专业的机会。但之后她妈妈再婚了，继父微薄的收入让艾米不得不再次挑起家庭的重担。因为缺乏经济支撑，艾米只好向学校提交了退学申请。现在，她又一次拖欠房租，三个同居室友已经明确表示如果在二十四小时内不能付清拖欠的六百美元房租费，她们就会把她赶出去，让她流落街头。

如同深陷沼泽，艾米越挣扎，就会越快被吞噬。她每个月能用于支付账单、维持生计的钱越来越少。她觉得自己就像滚动轮上的仓鼠，不停地奔跑着，永不停息。她也曾想，如果就此放弃，放弃挣扎，自甘堕落的话，会沦落到何种地步？她从不奢望生活对每个人公平，可何至于对她如此无情呢？

露丝·安妮紧握住艾米的手，递给她一叠纸巾，艾米摆摆手拒绝了。

"我没事，"她说道，"我没有哭。"

艾米和露丝·安妮靠坐在一起，默不作声。艾米从一开始的震惊到自我说服、绝望、义愤填膺，最后她终于接受了自己所想的事实。悲伤再次涌上心头，就在这时，巴兹尔推门而入，一看到他，艾米心中突然又燃起了怨愤之火。还没等巴兹尔开口，艾米就站了起来。如果注定要走，那她想在走之前轰轰烈烈一次：她要说服巴兹尔留下露丝·安妮。

"我知道你想开除我，这没什么，可你居然还要开除露丝·安妮这样一个勤恳的好员工。"

"什么？"巴兹尔一头雾水。

"艾米，你不要说了……"露丝·安妮开口说道。

"不，我要说，"艾米对着露丝·安妮说，"如果我被开除了，没关系，我接受这个事实，但我要让他知道开除你是一个天大的错误。"说完她转身对着巴兹尔，"你开除露丝·安妮就好比是用棍棒打一只可爱的小海豹，简直邪恶至极！我们大家都喜欢露丝·安妮。"

"艾米，你听着，你刚刚说的话词不达意、错漏百出，而且态度嚣张、言语激进，完全不符合你下属的身份……"

"不要这样做，求你了。"没等巴兹尔说完，艾米的语气就软了下来。

"但我并没有要开除你啊。"巴兹尔终于说出了他想说的话。

"你不开除我？"艾米难以置信地问道。

"难道是要开除我吗？"一旁的露丝·安妮突然急切地问道。

"我不会开除你们中的任何一个，"巴兹尔回答道，"我叫你们过来是因为有件事情需要你们帮忙，今晚我会给你们布置一个额外的任务，这并不在你们平时的工作范围内，而你们必须对这件事保密。"

之前紧张焦灼的情绪如泄洪一般瞬间平复，艾米整个人都放松了下来。在听到巴兹尔的话后，她和露丝·安妮都猛地点头，在那一刻，让她做什么都行：登珠穆朗玛峰、劫机、在Orsk的停车场吹着长号裸奔，她都愿意。但即使她表面上高兴地答应了，头脑中总有个理智的声音在说：可能是什么怪异的事情吧，一定是什么怪事。

"这件事可能会有点儿怪。"巴兹尔的话肯定了艾米的想法。

"有多怪?"艾米问道。

巴兹尔压低声音说道:"过去六周内,我们的店内发生了很多次遭破坏事件。每天早上负责开门的工作人员都会发现损坏的商品,比如镜子、餐具或者相框,窗帘也从墙上被拽了下来,完整的床垫被破坏得七零八碎。而今天早上店内的Brooka沙发也跟平时有点不一样……"

"哪里不一样?"露丝·安妮问道。

"上面被不明物质弄脏了。"

"是大便。"艾米说。

"是不明物质。"巴兹尔重复道。

"闻起来就像大便。"

"店内有超过11%的商品都被损坏了,帕特通知了公司总部,同时他也命令我做个内部调查。"

帕特是店内的总经理,也是巴兹尔的顶头上司。他曾经在Müskk沙发上给人接生,还在圣诞狂欢派对上自掏腰包请来一位卡拉OK的DJ。店里没人想让他不爽。

"当然了,我不想让他失望。"巴兹尔继续说道。

"公司安保部门呢?他们不是有监控摄像头吗?"露丝·安妮问。

"店内是有上百台监控摄像头,而且我也看了所有的监控视频，但店内所有的灯都设置在每天凌晨两点时自动调为暗光模式。我认为破坏活动应该都是从这个时间开始的，大致范围在凌晨两点到早上七点半，也就是负责开门的工作人员到达的时间。"

"但那是不可能的啊，"艾米说道，"晚上十一点一过，店内就空无一人了。"

"很显然还有人在。"巴兹尔说道。

"我不想听到这种事。"露丝·安妮一边说一边咬了咬嘴唇。

"我建议咱们三个人从今天晚上十点至明天早上七点轮流值班，我们就在被破坏的样板间里等着，每隔一个小时巡逻一次，包括展厅，家具销售层以及自助仓库。如果发现有人蓄意潜入店内进行破坏，我们就合力抓住他，然后交给警察处理，这样问题就解决了。"

"今天晚上我来不了，"艾米说，"我有其他的事。"其实艾米并没有任何安排，她可不愿意熬夜工作，委屈自己一整天都睡不了觉。

"必须是今晚。帕特已经从总部得到了回复，总部明早上会派一队咨询人员过来。他们会在店内进行全面巡查，我们不能让他们发现Brooka沙发上飘散着……你们懂的，我就不说了。"

"为什么选我们俩？"艾米问道。

"因为你们两个都是店内忠厚负责的员工。"

"你就说实话吧。"艾米边说边翻了一个白眼。

巴兹尔迟疑了一下后说道："一开始我想到的是货物补给部的汤米和格雷格，但他们害怕。后来我又想到了大卫·波茨和他的兄弟拉塞尔，然而今天早上他们打电话说自己生病了来不了。之后我又试着叫了爱德华多·佩纳，可她需要照顾自己的孙子。后来我又试着找了咖啡馆的塔尼娅，而她正在网购。所以我现在才会找到你们，因为我知道你们两个一定会答应。"

"真的吗？"艾米问道，"你这么肯定？"

"露丝·安妮会答应是因为她很谨慎、有责任心，而且她本身也很关心店内的情况。你会答应是因为你想回到扬斯敦。今天早上我在电脑上看到了你的调配申请，我知道你不喜欢这里，我也知道你不喜欢我。只要你答应这件事，我保证你的申请成功通过，从此以后你就再也不用面对我了。"

艾米本想反驳巴兹尔所说的话，但她惊讶地发现巴兹尔的提议正合她意。"你会给我们加一半的工资吗？"艾米问巴兹尔。

"比这个更好，为了感谢你们的积极配合与劳动付出，我会在这次任务完成以后付给你们双倍的加班工资。"

艾米的脑子里迅速打起了算盘：工作八小时再加上双倍的加班费，足以付清她这个月拖欠的房租。

"我答应你。"艾米说。

"我也答应，"露丝·安妮说，"就像通宵派对一样，一定会很有趣。"

巴兹尔与她们握了握手，表示就这么定了。

"晚上十点我们在顾客入口处会合。"他解释道，"当操作人员打扫完毕后，我会让你们进来，我们就在这里等着，等到整个店里都没有任何其他动静的时候就开始第一次巡逻。记住，这件事情不要告诉任何人，这是一次秘密行动，明白了吗？"

这时，休息室的门突然打开了，马特和特里妮缇因为重心不稳继而摔倒在地上，"原来这里面有人在呢！"特里妮缇假装惊讶地叫喊着。

"嘿，这里什么情况啊？"马特问道。

虽然巴兹尔极力装作什么事情都没有发生，但却破绽百出，旁人一眼就能看出刚才一定发生了什么事。

"我们刚刚只是在交流。"他转过身对艾米和特里妮缇说："谢谢你们的反映，情况我已经了解了，我会代你们转达。"

"反映什么情况啊？"马特问道。

"没发生什么事吧？"特里妮缇接着问道，她盯着艾米，希望从她的眼睛里看出什么端倪，"这个房间里的气氛真的很怪，就好像是有人刚刚在这里进行了一次严肃的交谈。"

"你最好抓紧时间休息一下。"巴兹尔边说边向门外走去，"我要回去了。"

特里妮缇在艾米和露丝·安妮中间坐了下来，对着她们说："说真的，到底怎么回事？你们被开除了吗？完全可以告诉我啊。"

"你们两个刚才是悄悄在走廊偷听吗？"艾米反问道。

"我们是在收集裁员的真实信息。"特里妮缇回答。

"没有人被开除。"露丝·安妮说。

"早就告诉你了吧，"马特对着特里妮缇说道，"我就知道公司不可能开除露丝·安妮。"

特里妮缇开始与马特打情骂俏起来。艾米早就听说特里妮缇和马特之间有暧昧，不过特里妮缇似乎与店里面的大多数售货员——有男有女——都有说不清的关系。她就是那种性格外向，备受男孩追捧的女生，但艾米和她却不太合得来。

"我得走了。"艾米说着便站了起来。

特里妮缇急忙挡在艾米面前说道："如果巴兹尔叫你来不是要开除你，那他叫你来干什么啊？你要接受什么多元化培训吗？还是说他让你做兼职？或者是我们的店要倒闭了？"

"抱歉不能让你看好戏了，我有更重要的事情要做，比如现在我要去核查Tossurs的存货。"艾米说。

"我和马特仔细研究了一番，我们都认为接下来会有大事发生，"特里妮缇继续说道，"这家店正在濒临危机，我们需要知道你们掌握的消息，好帮我们完成进一步的推测。"

"说真的，这家店要倒闭了吗？"马特问。

"你就说吧，露丝·安妮，刚刚到底怎么回事啊？我们需要点儿硬货！"特里妮缇追问道。

"我觉得我还是什么都不说比较好。"

"我快要被你们两个逼疯了，你们说话真折磨人啊！" 特里妮缇说道。

"那太好了，这样你也许就会安静下来。"艾米回答。

就这样，艾米离开了房间，丢下他们三个人一起。她回到自己负责的区域，花了两个小时在那里核查Tossurs的存货清单。

下午四点换岗轮班之后，她开着车在街上瞎转悠了半个小时，然后决定在晚上十点值夜班之前睡个小觉。由于她现在没有钱付房租，所以不敢回到租住的公寓里，而且巴兹尔也明确说过不值完夜班她就拿不到钱。但要是她在Orsk的停车场里睡觉，来来往往的同事看到了又很尴尬。所以她开车沿着77号大街行驶了一英里后来到红龙虾餐厅的停车场，把车停在一个垃圾箱旁边，靠在车座后背上休息。

天气很热，她的车里散发着汽油的臭气，她的脚丫子闻起来有咖啡味儿。艾米闭上眼睛，试图控制思绪，让自己平静下来。一开始她觉得肯定睡不着，但今天这一天对她来说太漫长了，加上之前情绪的跌宕起伏，她感觉被掏空了。她坐在车里发呆，回想自己一团糟的生活，就这样过了四十五分钟；随后她又开始思考自己怎么才能离开Orsk，找一份可以坐办公室的白领工作，时间又过了四十五分钟；接下来的四十五分钟里，她热得汗流浃背，渐渐地她觉得困倦了。她开始神游，开始放空：她会不会一辈子都过这样的生活，一辈子都得像滚动轮上的仓鼠一样不停向前奔跑，一辈子都只能做销售，一辈子都困在Orsk。

但现在她不用担心这个问题了。

今晚就是她在这里工作的最后一晚。

这不仅仅只是一份工作，而是你的整个余生。

想加入Orsk大家庭吗？我们的初级职位工资丰厚且有提升空间。一旦来了，保你不想走！

空缺职位：

装潢与设计员：
在负责范围内建立声望，每天负责

店主：
深入理解Orsk的核心理念，与管理范围内最优秀的销售员工进行面对面的销售经验方法交流，传输这一核心理念。

装货员：
体现Orsk包容员工多样性的强大文化环境。必须能举起重七十五磅的货物。

 加入ORSK，让自己成为我们的一员！

ARSLE 03

照顾好身体，清理好头绪，我们就都是可以早起的人。坐在Arsle圆餐桌上吃早餐，让早起变成一种享受，庆贺新一天的开始。坐在Arsle圆餐桌上，胃口更好了，食物更美味了，生活日日是好日。

产品颜色：深黄色、蜜瓜白、浅橙色、紫红色
产品尺寸：长76.84CM，宽60.33CM，高81.92CM
产品编号：7666585634

白天，Orsk就和其他建筑大楼一样，并没有什么特别，它就是一个用现代建筑材料建成的装满人和家具的容器。但到了晚上十一点之后，当过道上空无一人，办公室漆黑一片，最后一个顾客离开，所有入口紧锁，最后一个员工也回家的时候，这里就不那么寻常了。

艾米正坐在二楼女士卫生间的马桶上，她完全没有察觉周围正在悄然发生的微妙异样。她只知道巴兹尔想要折磨死她。

他们才开始此次漫长的夜班不到一个小时，巴兹尔就缠着艾米不放，一直盘问她：你觉得自己这份工作怎么样？工作中让你学到最多的是什么？一点帮助都没有的又是什么？刚开始艾米一本正经地回答着这些问题，直到她渐渐意识到巴兹尔的这些问题无非是想再次给她灌输Orsk文化里人力资本的重要性罢了。巴兹尔开始长篇大论地谈到团队合作、店内荣誉、4A原则（亲切友善的态度），一直引用着自己记下的Orsk创始人汤姆·拉森自传里的话。

露丝·安妮表面上装作在听巴兹尔的絮叨，双手却藏在桌下偷偷玩着数独游戏。如果艾米能看见，那么巴兹尔肯定也能看见，只是他似乎并不在意。他究竟为何只针对艾米？她想告诉巴兹尔自己这样很好，她不需要他的任何人生指导，非常感谢！既然他已经知道艾米将要调回扬斯敦市，为什么还不肯放过她？因为不知道究竟要说点什么，也不想就这样沉默下去，于是艾米选择了去卫生间。

如果巴兹尔真的把Orsk看得那么重要，他就应该到卫生间里来打扫一下，艾米心想。她面前的墙上满是涂鸦，如果这些涂鸦稍微有趣一点（厕纸盒下写着"来这里，得硕士学位"），她就可以在这里待得更久，但大多数都是一些随手写下的名字或日期。在上完厕所之后，她走到洗手台前慢慢清洗着自己的手掌、手指、手腕，清洗干净后又重新涂抹一遍肥皂，只是为了在回去之前尽量拖延时间。

当她回到休息室的时候，巴兹尔看了看手表，说道："这是你一个小时内第三次去卫生间了。"

"为什么你连这个也要管？"

"因为我是叫你来巡逻的，不是让你一整晚都躲在卫生间里。"

艾米咬了咬牙："我会去巡逻的，准备好了告诉我就行。"

她走回到自己的座位上。休息室里摆放的都是Arsle的桌椅，价格不算太贵，外观也简单精致，但艾米坐不了几分钟就总感觉腰酸背痛。露丝·安妮则安静地坐在桌子边上，膝盖上依旧偷偷摆放着数独书，桌子上排放着三支碧唇唇膏。

门边摆着一个大型的塑料桶，里面装满了各种神器。密尔沃基公司总部的精英们设计出了这些其他家具根本不能与之相匹敌的神奇工具，Orsk的每个产品只能用相对应的神器进行装配。众所周知，小巧的L形扳手很容易丢失，因此公司就给每个员工分发一桶，并要求他们随身携带一个。现在艾米的口袋里就放着一个扳手，其他的都放在她家的杂物抽屉里。

她四处打量着这个房间。墙上挂着一个大大的横幅，上面写着"努力工作让Orsk的我们成为一家人，而努力工作是自由的"。如此僵硬虚假的欧式措辞正是Orsk仿冒宜家家居的部分体现，艾米也无法判断这个标语究竟是让人有点儿生厌，还是完全的粗俗无礼。在她看来，最糟糕的事莫过于一家店山寨另外一家店了。

休息室里已经没有任何其他东西可以吸引艾米注意了。房间的角落摆放着一个正小声播放着CNN新闻的平板电视，电视画面上，一群身着橘色衣服的罪犯在混凝土操场上绕圈走。此时的艾米深知那种感觉。

巴兹尔把自己的椅子拉到艾米坐的桌子旁，对她说："你知道吗？我看到你的调配申请时真的感觉很遗憾，在我看来你是一个很有潜力的人。我真的认为你只要稍微努力一点儿，就可以当上商场的负责人。"

"谢谢。"艾米漫不经心地回答着，眼睛一直盯着电视看。

"我是认真的，艾米，我以前和你一样也是个销售人员，后来我参加了考试，成为了铺柜负责人，很快我就当上了经理，之后我又晋升到整层楼的楼层经理，后来帕特提升我为整家店的副经理。我能做到，你也能做到。"

"对啊，然后我就会开始我的管理生涯，也就意味着我要对这里发生的一切事情负责，每次出什么差错，我都要背锅，我还要参加更多的会议，加班加点，处理每个人的排班问题，然后每个小时多赚七十五美分，真多。我才不会参加这种考试。"

"你参加过了，帕特告诉我的。"巴兹尔说。

露丝·安妮的注意力转移到艾米身上："真的吗？那真是太好了！恭喜你啊，艾米。"

艾米努力控制着自己，她没有说话。

"怎么了？"露丝·安妮关切地问道。

又是一片沉默。

"这种考试很简单，"露丝·安妮一个人喋喋不休，"你只需要看二十分钟的书，然后填上答案……"她的声音越来越小。

"她没有通过。"巴兹尔解释道，"离及格差两分，我让帕特问过总部可不可以破格算她通过，但你也知道他们多么重视考试成绩，分数说明一切，这就是最终的决定。"

此刻，艾米羞愧得满脸通红。每个人都开玩笑说这个考试很简单，即使是一个"普通的商店经理都能通过"。艾米对自己充满信心，所以就根本没有备考，因为她认为自己能轻松地通过这场考试。

"半年之后还有一次考试，你可以再试一次，如果你那时还在，我会帮助你备考。"巴兹尔说。

"我不需要你的帮助，你是从卖衣柜开始起家的。"艾米说。

"你说这话什么意思？"

"卖衣柜是这层楼里最鸡肋的，任何人都能成为衣柜店的负责人，它们不过就是一些有门的空箱罢了。"

"你对衣柜的理解太狭隘了。"

"做衣柜销售很难的，"露丝·安妮插话道，"因为它们太重，很难搬到一起，所以人们常常容易很生气。"

艾米深吸了一口气说道："好吧，是我说错了，衣柜太牛了，我什么都不该说。"

"如果你不想待在这里，你可以走。"巴兹尔对着艾米说。

"我想待在这里。"艾米一边说一边用指甲顶着手掌，"但恕我直言，我不需要更多的人生指导了，也拜托别再在说话的时候引用汤姆·拉森自传里的话了。我知道这是你的信仰，但对于我来说，这只是一份工作。"

"那是你自己的问题，对你来说这'只是'一份工作。"

"那应该是什么？"

"职业。"

"没什么不同。"

"不，在加油站干活儿叫工作，但在我们Orsk，这叫职业，是一种高于自己的责任。职业让你有目标，给予你动力去创造永远属于你自己的价值。职业远不只是挣钱这么简单。"

"我求你不要再说了。"艾米说。

"认真严肃一点儿没有什么不好。"露丝·安妮说。

"她不把任何事情放在心上，那是她自己的问题。"

"我干好我自己的工作，准时到公司上班，负责好自己的区域，卖给顾客他们需要的桌子，兑现自己的支票，Orsk每月付我工资，要求我做的所有事我都做到了。我不打算把我的余生都耗在销售上。"

"真的吗？那你打算做什么？"

"我……"艾米突然意识到她并没有任何实际计划，但她对巴兹尔说，"我有我自己的计划，但这不关你的事。"

"你必须放眼未来。"

"你知道我看到了什么吗？我看到你一辈子都耗费在这个山寨店里，毕生心血都用来模仿那家产品品质更好、管理措施更棒的店。这就是我看到的未来。"

"我想我们应该开始第一次巡逻了。"露丝·安妮说。

"我有我自己的责任，我也认真肩负起自己的这些职责。"巴兹尔说。

"你有什么职责？说真的，这只是卖东西，到底有什么大不了的？"

"安全。"巴兹尔说，"我要对你以及这里每一个人的安全负责，我认为这很重要。"

"就算没有你的保护，我也能好好的。我不会突然失踪，也不会饿死在展厅的某个地方。"

"你怎么这种态度？你想升职，却又不认真准备考试。你不想余生都耗费在销售行业上，但又在大学的时候辍学。你真的有自己的人生规划吗？还是你只是一如既往地混日子？"

艾米突然站了起来。

"你要去哪里？"巴兹尔问。

"卫生间。"艾米说着便头也不回地走出了门。

"你刚刚才去过！"巴兹尔对着艾米的背影吼道。

艾米一头冲进女士卫生间，只有在这里，巴兹尔才不会跟进来继续在她耳边絮絮叨叨，让她倍感愧疚。难道他就不明白自己已经够着羞愧狼狈，不需要他再雪上加霜了吗？百分之八十的人都通过了店铺负责人的考试，百分之八十啊！艾米走向洗手台。水管里传来烦人的咕噜声，然后一股急流从水龙头冲泄而出。艾米关掉它，使劲摇了摇头：整个地方就快变成人间炼狱了。

她深呼吸了好几次，试图冷静下来。自己到底是怎么了？她抬头看着洗手台镜子中自己满是污渍的脸，忽然她的视线转移到镜子的右侧，她屏住了呼吸。镜子上出现了新的涂鸦。

　　镜子旁边写了些什么，连笔迹都还没干，而之前她来的时候这里什么都没有，又或者难道之前一直就有？

阿奇·威尔逊
蜂巢
3年

杨希·罗尔斯
蜂巢
6个月

J.巴克斯顿
蜂巢
2年

　　上面写的"蜂巢"两个字到底指什么呢？一支足球队吗？还是克利夫兰州的一个贩毒团伙？艾米绞尽脑汁思考着这个问题，最终做出了判断："蜂巢"就只是一个名字，下面是一个时间段。她向门边靠近后发现了更多的涂鸦。

基特·布尔
蜂巢
~~2年~~
5年

眼球劳斯
~~1年~~
6年

而其中最长的一串是：

卡尔森·摩尔/蜂巢

3年
4年
5年
6年
7年

永远

艾米在牛仔裤上擦了擦手后就离开了卫生间。偌大的走道上空无一人，窒息的空旷感扑面而来，她感觉自己被困在Orsk这座二十二万平方英尺的迷宫中，与世隔绝。员工走廊、后勤部、仓库、销售层、展厅、还有将这一切都隔绝在高速公路外的停车场。Orsk太大了，它需要很多人来保护管理，而仅凭他们三个远远不够。从早上的忙碌慢慢变得安静下来，到现在空无一人。此刻的Orsk危险得让人害怕。

砰！

艾米吓呆了，什么声音？

砰！咔哒！砰！

她脚下的走廊向前延伸，两边都是管理层办公室的房门，走廊的墙上挂着一些关于可持续发展、绿色生态以及Orsk未来展望的标语，附近有一处通往一层的楼梯，刚才的声音就是从那里传来的。几秒钟过去了，声音渐渐消失，安静得只能听见艾米的呼吸声。

她深呼吸一口气，强迫自己冷静下来。她现在是在工作，不可能遇到任何危险。从来没有人在百思买超市里被杀或是在塔吉特零售店里被绑架。不可能有比待在全球连锁零售商店里更安全的了。

但艾米还是感到惊恐和不安。她沿着楼道来到一层，在楼道的底部停了下来。

声音开始慢慢变弱：咔哒、砰、咔哒、砰、咔哒、砰……

走过打卡器，艾米看见员工入口的门随风晃动，发出刚才的声音。她松了一口气，上前推开那道门。门外是停车场，钠气灯下整个车库都充盈着橘黄色的光。艾米眨了眨眼，她惊讶地发现现在已经是夜半时分。因为整个店里面没有窗户，没有天窗，没有挂钟，所以无从知晓时间和天气。此刻的Orsk就像是一个赌场，一切都是静止的，永恒不朽。一阵柔和湿润的清风拂过门口，除去青蛙的叫声，整个夜晚一片静谧。

　　望向停车场，艾米可以看见自己的本田车所在的位置。艾米多想慢慢走过去，打开车门，坐进驾驶座，手握方向盘，然后开车去……去哪里呢？没有钱付拖欠的房租，她不能回公寓去。如果她此时离开就会丢掉工作。她无处可去。

　　艾米砰的一声关上了员工入口处的大门，声音大得把她自己都吓了一跳，一大片涂层从天花板上脱落下来。门关不上，艾米注意到门闩被一块粉红色的口香糖堵住了。艾米并不想把口香糖抠出来，她心想，清理口香糖不在她的工作职责范围内。如果巴兹尔那么认真负责，他就应该来抠出这块口香糖。

　　当艾米回到休息室的时候，巴兹尔眉头紧锁："你不能这样一直躲在卫生间里。我们得开始巡逻了。"

　　"员工入口的门坏了。"艾米说。

　　"你为什么会去楼下？"

　　"我听到门有响动，就决定负起责任，跑去看了看。有人把锁弄坏了，门关不上了。"

　　"这是一个安保漏洞，你瞧，这正是我们今晚留在这里的原因。"

　　巴兹尔冲下楼去查看情况，露丝·安妮合上她的数独游戏书，问艾米："你真的认为有人偷溜进我们店里了吗？"

　　"我不知道，但是卫生间里出现了很多新的涂鸦，我发誓二十分钟前都还没有。"艾米回答道。

　　"我开始后悔答应做这件事了。"露丝·安妮一边说一边把玩着手中的唇膏，"我想要留下来加班，可我以为自己只需要坐在这里玩玩数独游戏罢了，我并没有预料到我们真的会在店里碰上什么人。"

"不会有事的。"话音刚落，艾米的电话响了起来，整个屋子里响起啄木鸟伍迪的笑声。她看了看手机，又是一条内容为"求助"的短信。

"我进店的时候都会关掉手机，这样我就收不到这种短信了。"露丝·安妮说道。

这时巴兹尔冲进房间，喘着气说道："我把那扇门关上了，但是没办法上锁，这里绝对有了安保漏洞！我们最好立马就开始巡逻。"

他走到白板旁边，在上面画下店内的布局草图，并开始分配给每个人巡逻任务："我对店内的整体布局进行了分块，这样巡逻起来更容易，我们每个人都有自己的巡逻区域。第一轮巡逻，露丝·安妮就负责展厅，艾米你负责销售层，我去自助仓库。"

"等等，我们要分头巡逻吗？"露丝·安妮问道。

"因为我们需要巡查的地方太多了。"巴兹尔解释说。

"我不认为这是一个好办法。还有，你有必要去女士卫生间看看，里面出现了很多新的涂鸦。"艾米说。

"我不关心那些涂鸦。"

"那些涂鸦有点奇怪……"

"我们大家一起会更有安全感，"露丝·安妮说，"要是我看见了什么人，那应该怎么办？我的意思是，这才是重点，不是吗？你想让我找到偷溜进店里的人，但如果我真的找到了，之后该怎么做呢？我一个人对付他吗？"

巴兹尔的神情像是突然头痛欲裂。很显然他花了太多时间想要怎么进行巡查，却没有仔细想过要是真发生了什么事应该如何应对。如果今天跟他一起巡逻的是像汤米、格雷格那样的彪形大汉，大家分头行动不失为一个不错的选择，但如果露丝·安妮独自撞见了那个入侵者该怎么办？如果是他自己或者艾米撞见了又该怎么办？保持亲切友善的态度吗？

"如果我们都在一起，那就太显眼了，入侵者很轻松就能躲过我们的巡逻，所以我们必须分头行动，这样我们的巡查范围才能更广。"巴兹尔解释道。

"我和露丝·安妮一起，这样更安全一点，想想你身上肩负的保护员工安全的责任。我们去展厅层巡逻，你去销售层和仓库。"艾米说道。

艾米提到的"责任"一词说服了巴兹尔，他接受这个建议并说道："好吧，但我们需要立马开始行动，我们都知道现在有人正在店内毁坏我们的财物。"

当艾米和露丝·安妮到达展厅层的时候已经是深夜十一点半了，她们站在咖啡馆旁边，左手边是儿童房展区，前面是通往销售层的楼梯。

"随时保持高度警惕。"巴兹尔用领导者的口吻说道："第一轮巡逻完毕后我们在后面的休息室会合。如果发生了什么事就立马跑去那里，明白了吗？如果你们察觉到任何可疑情况，马上叫我，我受过这方面的训练。记住，保障你们的安全是我的职责。"

"好的。"艾米叹了一口气。

随后他们开始了分头行动。

LIRIPIP

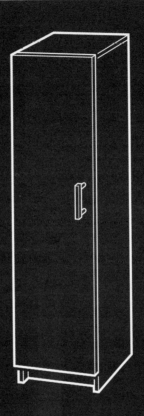

清理您的房间，丢掉您的烦扰。Liripip衣柜适用于任何大小的房间，把您眼不见为净的必需品都塞给它吧。

产品颜色：白桦木色，浅棕色、灰橡木色
产品尺寸：厚38.74CM　宽50.17CM　高183.52CM
产品编号：4356663223

艾米穿过咖啡馆，向扶梯顶层走去。

"我们沿着金光大道走。"艾米说。

说完她意识到自己旁边根本就没有人。她转过身，看见露丝·安妮在咖啡馆的另一边徘徊。

"对不起，"露丝·安妮说，"你想先巡查一遍咖啡馆吗？我都不知道我们到底要找什么。"

"青少年？失眠患者？我也不知道。"艾米继续说道，"快跟上来，我们最后巡查咖啡馆。"

"你确定吗？"

"如果你想先巡查咖啡馆也可以。"

"不，你说得对，按你的方式来。"

但露丝·安妮依旧站在原地。

"你来不来？"艾米问。

"抱歉抱歉。"露丝·安妮终于走过咖啡馆，来到艾米旁边，"这个展厅阴森森的，和扬斯敦市店里的展厅完全不一样。"

"它们一模一样。"

"为什么会有人偷溜进一个商店呢？你从来没有见过这种事，是不是？"

"顾客会做出各种各样的疯狂举动，"艾米说，"我记得有一次，一个身材高大、体形肥胖的男人在临近打烊的时候来到店里，脱下鞋子，折好他的裤子后就爬到一张Müskk的床上睡着了。一个小时之内几乎都没有人注意到他。帕特也跟我说过，有一次他发现一个女人带着她的孩子在一个Lingam衣柜后面躲藏了好几个小时。当时他正路过卧室展区，突然衣柜的门就开了，然后那个女人和孩子偷偷溜了出来。当时他被吓得半死。"

她们来到了自动扶梯的顶端。艾米没有走向金光大道，她在那面挂满公司高层管理人员相片的墙边停了下来。

"你知道吗，我更喜欢巴兹尔不说话的时候。"艾米对着露丝·安妮说道。

露丝·安妮的表情看起来就好像是她准备说点毒舌的话，但她控制住了自己。

"他是一个不错的人。"

"他就是一个混蛋。"

"并非所有你不认同的人都是坏人。"

"巴兹尔就是坏人。"

"他肩负着很多责任。"

"比如呢？保证公司的每个部门都减少一次失误？整理出一个让很多人头痛的排班表？"

"他独自抚养着他的妹妹，才九岁，巴兹尔就相当于她的爸爸。巴兹尔承担她妹妹的一切花销，从穿的袜子到她的学费。"

艾米脑子里快速闪过各种回答，最后却只是简单地回应了露丝·安妮。

"好吧，我不知道这件事情。但这还是改变不了他讲话就像播放的公司培训视频这个事实：Orsk这样，Orsk那样，崇尚Orsk，致敬Orsk。"

"Orsk一直以来都对他关照有加。他是从东克利夫兰来的，你见过那个地方是什么样子吗？"

只在早上十点播出的新闻里看过，艾米心想。

"他刚来到这里的时候，几乎在绝望的边缘。是Orsk给了他一份工作，彻底改变了他的生活。有些人觉得教会是他们的信仰，有些人执迷于美铝公司的股票，有些人找到了自己的组织，而对于巴兹尔来说，Orsk就是他的归宿。"

这样的对话很无趣，因为艾米能说些什么呢？她可以赞同圣人巴兹尔需要一个以他名字命名的教堂，也可以发表一些显得自己心胸狭窄的讽刺言论。她曾经的生活也很糟糕，比如从小就和一个成天只知道酗酒的妈妈生活在一辆破烂的拖车里。但如果她提到这件事就会显得她是在和巴兹尔比惨，而她不可能赢得这场比"谁更惨"的比赛，因为她的这些经历和一个在东克利夫兰长大的黑人相比，实在是小巫见大巫了。

"我们还是继续这愚蠢的巡逻吧。"艾米说。

然后她从扶梯处走开，跟着箭头所指的方向走，经过了客厅展区和沙发展区的入口，前面摆放着一大叠Orsk的商品目录。

"你知道吗，我在扬斯敦市区的店里工作了十三年，从来没有在展厅这一层遇到过什么问题。但我来这里工作的第一天就迷路了。不是那种搞笑的迷路经历，是让人感到可怕的那种，现在的情形就跟那时候一模一样。"

艾米根本没有听她说话。她只顾着回想刚才和巴兹尔之间那次关于愚蠢的店铺负责人考试的争吵。让她感到烦心的并不是自己没有通过考试，而是每个人都知道她没有通过。

此时的露丝·安妮还继续在旁边絮叨："当时我打算去找在厨房样间工作的黛安·达诺斯基，就是在圣诞节的时候浑身戴满圣诞老人徽章的那个。我出去找她，却完全迷路了。我花了整整半小时到处转悠，那可是在我的午餐时间。那时候我吓得真认为自己见鬼了。我开始感到恐慌，甚至觉得整个店都在我背后移动。当我终于找到黛安的时候，我只想坐下来哭一场。从此以后，我就再也没有踏进过这个展厅半步。"

"你说的是真的吗？你来这里工作已经十一个月了，但从那以后却再也没有来过展厅这一层？"艾米问道。

"等你老了就会改变，到时候你就明白了。"

"这里空荡荡的时候是有点吓人。"艾米附和道。也许露丝·安妮的紧张情绪感染了她，她开始哼唱电影《阴阳魔界》的主题曲。

"求求你不要再唱了，你就算不唱这首歌，我也已经够害怕的了。"露丝·安妮说。

艾米在一个深褐色的信息亭处停了下来。信息亭一侧画着展厅层的地图，地图上，在客厅展区和沙发展区的中间有一个很大的标记，写着"您现在的位置"。"这里就跟Orsk的其他分店一样，是个大圈，扬斯敦市的分店也一样。"艾米一边说一边用手指在地图上跟着画圈："今天早上我带着一群实习生参观了一遍展厅。他们马上就记住路了。"

露丝·安妮盯着地图看，那样子就好像是一只猫在看电视。艾米看得出她根本没有看懂。

"看到写着'您现在的位置'的地方了吗？"艾米问。

"呃，嗯。"露丝·安妮的回答支支吾吾，不太有说服力。

"这就是我们现在所在的位置，这里的每个区域都有地图，这样你就能找到自己所处的位置。这就好比是找面包屑一样，只要你用心看，就不会迷路。"

露丝·安妮仍然显露出一脸怀疑的神情。

"你只要跟着我就好了，我们半个小时之后就能回到休息室。"艾米说。

　　她们从放满枕头的箱子中间穿梭，接着走过儿童区、工作台、信息亭，随后又路过了悬挂着销售横幅的区域。由于展厅层摆放的东西太多，遮挡了视线，好几次艾米都无法清楚地看见金光大道的方向。这偌大的展厅层仿佛变得没有尽头，一路弯曲着向远处延伸。在黑暗中摸索着前进了一会儿后，艾米不由觉得自己好似身处在某个已消失文明的无垠荒漠，里面七零八散地摆放着很多家具，没有边际，也没有方向。

　　她们继续向前走着，走过摆放书架的地方，这里摆放了一排六组不同款式的Smagma书架，每个书架上都堆满了书，但都是同一本（《一分设计，十分回报》，橘色和黑色相间的封面，Orsk买了一卡车这本书）。终于，她们到了厨房展区，整个店里，艾米最喜欢的就是这个地方。她有一个难以启齿的小秘密，那就是她从小和妈妈生活的那台破烂拖车里就只有一个双喷嘴电炉和一个烤箱，因此她做梦都想拥有一个Orsk展厅里的厨房。

　　艾米在一个白得闪闪发光的Harbblo橱柜展品前停了下来，转过身问露丝·安妮："你能想象买得起这么昂贵的商品是怎样的感觉吗？"

　　露丝·安妮的呼吸声很浅，上嘴唇的唇膏在黑暗里闪闪发亮。她把手伸进口袋，摸出唇膏。涂唇膏似乎能让她保持平静。

　　"我的厨房里就买了这个，"露丝·安妮说道，"只不过我的橱柜是青灰色的而不是像这样的纯白色。"

　　艾米觉得自己很愚蠢。露丝·安妮当然有钱把自己的厨房装点得豪华精致。她不会被身上沉重的经济负担压得喘不过气来，不用在辍学之后还要为偿还大学贷款发愁，不会穷得只能去二手店买衣服，她的车也不会一直漏油。但对于现在的艾米来说，她甚至不敢想象自己能有钱消费得起超过一百美元的东西。

"什么声音？"露丝·安妮突然问道。

艾米仔细听着，声音是从水槽那边传过来的，是用什么东西划金属的声音。她跟着声音往水槽方向走去。

"是什么？"露丝·安妮问。

"好恶心！"艾米说着往后跳了回来。

一只肥硕的黑色老鼠从下水道里慢慢地钻出来，它的爪子趴在水槽的边上，上了水槽后就沿着柜台一直往上爬。露丝·安妮用手捂住了嘴巴。

"我们怎么办？"艾米问。

露丝·安妮一脸害怕地看着这只老鼠沿着柜台蹒跚地爬着，随后钻进了冰箱和墙面之间的缝隙里。她们听见这只老鼠顺着石膏板往下滑，然后"扑通"一声掉到了地板上。

露丝·安妮突然抓住艾米的手臂，惊叫道："我的脚！"

"怎么了？"

"别让它碰到我的脚！"

说完，露丝·安妮猛冲上金光大道，艾米紧随其后。她们一路跑到了餐厅展区。露丝·安妮紧张得又一次掏出了唇膏。

"我之前从来没在这里见到过老鼠，巴兹尔知道了一定会发疯的。"艾米说道。

"水管竟然没有和外面连接，这就说明老鼠本来就在橱柜里面。老鼠又是群居动物，只要有一只老鼠，就意味着还有很多只。" 露丝·安妮说道。

艾米听后浑身打了个颤，接着她们又继续朝前走。此时的Orsk仿似一个无底的深渊，悄然无声。寂静在空气中蔓延，四周到处都堆放着家具，就好像一间没有尽头的玩偶屋。艾米想要加快脚步，但露丝·安妮却一直在后面走得很慢。

"我们或许应该回去再巡查一遍厨房展区，我们在那里的时候走得太快了，可能会漏掉什么可疑人物的蛛丝马迹。"

"我们还是接着走吧。"艾米说。

她们进入了卧室展区，里面全是各种卧房家具。露丝·安妮在一个摆放着Pykonne 储物柜的小展厅前停下了脚步。

"那个小房间呢？我们要不要去看看门后有没有藏着什么人？"她小声对艾米说。

"你认为有人躲在那后面吗？"

露丝·安妮的脸突然沉下来，说道："有可能。"

艾米走过去，伸手猛地一拉门把手。

"啊！"还没等看清楚，露丝·安妮就惊叫了起来。

"这扇门是假的。"艾米不停摇着门把手，门所在的那面陈列墙开始摇晃。她继续说道："店里面到处都有这样的门，它们根本就打不开，更不会通往任何地方。看来你还真的是从来没有离开过收银台，是吧？"

露丝·安妮点了点头。

"你看看这个。"

艾米走到窗帘旁，拉起百叶窗上的绳索，窗帘打开后出现了四扇嵌在墙壁上的云白色塑料窗户。"很好看吧？"艾米问。

这时的露丝·安妮正紧闭着双眼。

"没事的，根本就看不到什么，这些都是假的。"艾米说。

露丝·安妮先是半信半疑地睁开一只眼看情况，然后两只眼都睁开，脸上透着尴尬的神情。

"我不想看见那些恶心的小爬虫。"

"不想看见什么？"艾米大笑着问。

"我小时候很怕黑，我的父母让我回自己的卧室睡觉，但是我好几个星期都睡不着。每天晚上我都能看到黑影里的那些小爬虫，就像一个个恶心的黑渍粘在墙上，它们要爬下来抓我。我不敢告诉任何人，但我必须要做点什么。可光闭上眼睛是不行的，因为我可能会忍不住偷看。我觉得只要我看不见它们，它们也就看不见我。于是我就用袜子蒙住自己的眼睛。是不是很傻？"

"它们看见你了会怎么样？"

"我不知道。"她压低声音说，"会发生不好的事。"

她们两个人都没有再说话，又是一阵让人窒息的沉默。

"走吧，你吓到我了。"艾米打破了沉默。

她们继续走着，但艾米向露丝·安妮靠近了些，她脑子里一直回想着这个女人刚才说的话，这个关于小爬虫的故事让她也开始害怕了。

展厅的走道向前无限延伸，消失在远处无尽的黑暗中。周围很安静，她们甚至能听见天花板上鼓风机的声音。突然，鼓风机的声音停止了，整个商场像是在充满期待地倾听着什么。就在这时，他们身后传来东西爆裂的声音，艾米和露丝·安妮都吓得跳了起来。

"继续走。"艾米小声说道。

她们走得更快了，艾米几乎倾尽所有意志控制着自己，她很想一路尖叫着疯跑进家具中，发出各种声音，填补沉寂带来的巨大的空虚，但她尽全力保持着冷静。金光大道旁所有的走道弯曲缠绕着向前蔓延，仿佛一条条手臂伸向远处的尽头。她们路过的时候，门边摆放的床也仿佛死死地盯着她们。露丝·安妮和艾米经过了一个信息亭，此时空调挂钩上的木尺相互碰撞，发出噼啪的响声。她们再次加快了脚步，衣服由于摩擦沙沙作响，但她们耳边的嗡嗡声淹没了周围的一切声响。露丝·安妮一路不停地回头看，确保后面没人悄悄尾随着她们。

艾米突然注意到四周有动静。

前方好像有什么东西在Müskk床上扭动。一个长满毛发的球在枕头上动来动去，好像一个老鼠窝，然后突然裂成了两个，紧接着两团黑影跳下床，摸索着向后爬去。艾米眨了眨眼，她不知道自己看到的到底是什么。

其中一个黑影向她们挥了挥手。

"嗨，小伙伴们，怎么了？"马特对着她们叫道。

他摸摸胡须，说话上气不接下气。而床的另一边，特里妮缇刚刚穿上自己的黑色T恤。

"嗨。"特里妮缇也红着脸打了个招呼。

露丝·安妮如释重负般地小声抽噎了一下，紧紧抓着艾米的手。

"搞什么鬼？"艾米问。

"我们在设大本营。"马特回答道。

"在Müskk床上？"艾米感到不可思议，"你们闯进店里就是为了在这张脏床上做这种事？你们知道上面有多少小孩儿的鼻涕吗？"

她坐到Sculpin的展台边上大笑起来。一旁的露丝·安妮长呼了一口气之后也跟着笑起来。这种感觉真好，感觉这个偌大的空间里终于有了点儿人气。特里妮缇的脸涨得通红，一旁的马特也尴尬地笑了笑。

"我们不是闯进来的。"在一切恢复平静之后，特里妮缇开口说道。

"那你们怎么进来的？"艾米问。

"我们藏在几个Liripip衣柜后面，等着楼层里的人都走光。"特里妮缇说。

"所以实际上我们并没有闯入任何地方。"马特补充着说。

"巴兹尔知道你们这事一定会气疯的。"艾米说。

"你不能告诉他。"特里妮缇回道。

"为什么？"

"他不会理解的，我们到这来要做一个全面的通灵调查。"

艾米和露丝·安妮没有说话，她们都盯着特里妮缇。

"我们用的都是不专业的手法，"马特解释说，"我们在捉鬼。这里可能存在超自然力量，所以我们就带了一些必要的工具来检测一下，看这里到底有没有鬼。"说罢，他伸手指向床边放着的四个大型黑色工具袋。"里面有电动势探测计、红外线摄像机、便携式运动监测器、纪录超自然电子异象的声控记录仪，还有捉鬼工具。"

"你们是怎么把这些塞进一个Liripip衣柜的？"露丝·安妮问。

"我们之前把这些东西放在外面的车里，等到整个楼层都没有人的时候，我们再偷偷溜到下面的员工入口处把它们拿上来的。"

"是你们两个把口香糖塞进那个门锁的？"艾米问，"我们以为是有人闯进了店里，巴兹尔还让我们到这层楼来巡逻，每隔一小时就巡逻一次。"

"辛苦你们了，"特里妮缇说，"这件事情一旦闹大，巴兹尔一定会生气，我们也会不好意思，但他本身就不可能容许我们做这样的事情，他会觉得我们像是拍电影一样，瞎折腾。"

"我明白了，你们现在就像是A&E电视台上播放的《超自然现象调查》一样。"露丝·安妮说道。

"我们跟那个才不一样，首先，我们并不差劲。"马特说。

"但你们和A&E里的人物一样，装备齐全。"露丝·安妮回答说。

"不要再提什么A&E的节目了，我们的目标比那个远大多了，我和特里妮缇要成为Bravo电视台上的第一对猎鬼人。"

"要是真的发现了鬼，你们会怎么做？"露丝·安妮问。

"我们会拍一段超高清视频，不在摄像机上做任何手脚，也不会用电脑图像合成，只传递超自然现场的真实情况。"特里妮缇说。

"之后呢？"露丝·安妮继续问。

"如果那鬼想要接受《查理·罗斯访谈录》那样的采访的话，我们也会乐意试试。但我不觉得会有这样的事发生。"马特说。

"你们知道鬼是不存在的吧？"艾米问。

"它们是存在的，很多人都看到过。"特里妮缇强调说。

"还有很多人看到过巨足野人呢。"艾米说。

"隐生动物学跟我们所研究的是完全不同的领域，"马特说，"听着，不管你们相不相信有鬼，有一点你们必须承认：商店里正发生着一些奇怪的事。被毁坏的Pronks沙发、求助短信、Brooka沙发上的尿布。可能这些并不是幽灵所为，但也有可能是。"马特用脚尖踮踮地后继续说道："你们知道这里在Orsk建成之前是什么地方吗？"

"什么都不是，我以前经常开车路过这里，这里只是一片沼泽地。"艾米回答。

"在那之前，这里是一座监狱。"

"我不这么认为。"艾米说，

"那是很久以前的事了，"特里妮缇回答说，"十八世纪的时候。"

"十九世纪。"马特纠正道。

"有什么区别吗？"特里妮缇追问着说。

"大约一百年前，那是个很残酷的年代。很多人就死在我们现在所站的位置，而后这座监狱似乎就销声匿迹了，很多人甚至根本没有听说过。"马特说。

"这件事听上去有点儿诡异。"露丝·安妮说。

"这件事一点儿都不诡异，只是危言耸听而已。"艾米接着说。

特里妮缇听后激动地说道："你想无视历史就无视吧，但那些死在这里的人留下了一些超自然力量，正是这些一直在纠缠着这家店。以前的人们因为偷了一大块面包就被扔进监狱，所以我打赌他们的幽灵都充满了戾气。"

特里妮缇拿起其中一个装备包放到Müskk床上，打开包拿出九个浅灰色的塑料蛋，在床单上一字排开，然后打开一盒电池，换上全新的电池。

"这些是什么？"露丝·安妮问。

"电动势读数器，这里面有闪存，可以对强电流自动进行时间标记，这样我们就能根据这个标绘出整个晚上这里的电流变化情况。"特里妮缇说明道。

"我一个字都没听懂。"露丝·安妮回应说。

"还记不记得有一段时间每个人都认为手机会使人患脑癌？所以一些小型电子公司就制作出了这些东西，用来检测手机、电线或其他带电的东西是否会在空气中形成电场。一些注重身体健康的人也在使用这个，但一般情况下都是猎鬼人在使用。"

"为什么？"艾米问。

"因为幽灵本身就是由一股能量形成的啊。"特里妮缇轻蔑地回答道。

艾米转身问马特："你真的相信这些东西吗？"

"这说得通，"马特耸耸肩继续说道，"很多研究表明由地下水或高压电线形成的电磁场会产生干扰，人们会听到各种声音、闻到一些气味，方向感减弱，情绪也会波动。你可以在实验室用一块大磁铁试试。"

一旁的特里妮缇听后摇摇头说道："是幽灵导致了磁场干扰，而不是磁场干扰导致了闹鬼现象的产生。"

"你们见过鬼吗？"艾米问。

特里妮缇睁大眼睛，激动地说道："天啊，我太想见到了，那种体验一定超级棒！小时候我就经常一个人在家看恐怖电影，然后关掉房间里所有的灯，在黑暗中来回走，就是希望能见到鬼。马特说他以前看见过一次，真让人嫉妒。"

"你见过鬼？"露丝·安妮问，"恐怖吗？"

"这个嘛，也可能是其他的什么东西，我只是瞟到了一眼。"马特解释道。

"是鬼，一个和人一样的幽灵，这是你自己跟我说的。"特里妮缇坚定地说。

马特瞥了一旁的艾米一眼，说道："那是很久以前的事了，重点是现在店里发生了一些稀奇古怪的事，所以我们要大胆地捕捉一些镜头，看看我们能看到些什么。"

"因为那些灵异电视节目里的人从来没有拿出过真正的闹鬼视频，"特里妮缇说，"闹鬼镜头，他们从来没有给出过真实的闹鬼镜头。全都是一群肥猪在黑暗的房间里走来走去，一边走一边喊：'在吗？你在吗？我知道你在这里，我能感觉到你的存在，现身吧。'接着他们就会假装自己听到了什么声音然后开始胡乱晃动手中的摄像机。"

马特在一旁模仿起来："你看到了吗？你听见了吗？天啊，它在说：'帮帮我'。"

"我们要给出实实在在的证据。就是今晚，用我们的摄像机。我说的证据不是什么一团白色烟雾或是烟囱里的气体，也不是什么水里的响动或是飘动的长带，我指的是拍到实实在在的幽灵。然后我们会把拍到的东西都整合起来，发给51 Minds、Antix，或者其他什么制片公司。他们会看到，男孩女孩猎鬼队用摄像机纪录了一切。马特负责科学技术的部分，而我负责貌美如花，我们的闹鬼资料一定会震撼到他们，然后我们会一炮而红，成为'猛鬼炮弹'。"

"什么炮弹？"艾米问。

"'猛鬼炮弹'，这将成为我们节目的名字。因为这是关于鬼的节目，而我们就是那颗让幽灵战栗的炮弹。"特里妮缇回答道。

"说得好！"马特一边说一边跟她击了个掌。

艾米摆出一脸不可思议的表情看着他们两个说："这是我听过最烂的名字。"

特里妮缇生气地看着艾米，对她竖了竖中指。

"我认为这个名字很不错，"露丝·安妮说，"'猛鬼炮弹'这个名字听起来很接地气，他们想表达的是这个意思吧？"

"谢谢。"特里妮缇转向艾米，"我不需要你在这里灌输什么负能量，这会触我们的霉头。今晚对我来说真的很重要，我终于有机会拍到真实存在的鬼了。我不希望你和你的负能量把鬼赶走。"说完，她又转向露丝·安妮："不如你加入吧。你可以帮我放置电动势探测计。我们会拍到幽灵存在的证据，然后一夜成名，大家都会觉得我们酷呆了。"

露丝·安妮没有拒绝，她再又一次拿出唇膏涂了涂嘴唇后就跟着特里妮缇一起走上金光大道，朝餐厅展区的方向走去。几分钟之后，他们就消失在远处一排排的家具中，只留下艾米和马特独自站在原地。

MÜSKK 05

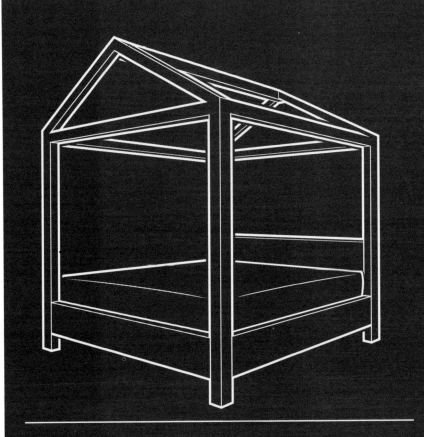

这里就是您的私人岛屿，在这里，您可以避开世界的纷扰，高枕无忧，让Müskk床为您开启醉梦之旅。

产品床头板：榉木、棕灰橡木、梧桐木
产品规格：特大号床、双人床、单人床
产品编号：7524321666

"好吧。"马特边说边把那个装着电动势探测计的包放到地上，"我们需要把这些摆放到金光大道上去。"

　　"你真的认为这些会纪录下什么东西吗？"

　　"当然了，你看看这些照明网线有多广。"

　　马特指着天花板，在他们头顶十二英尺高的上空是由房梁、管道、电线以及大型空调管纵横交错而成的巨网，为了掩藏这些基础设施，它们都被漆成了和天花板一样的白色。

　　"为什么你想检测照明网线？"

　　"我不想，"马特回答道，"但这个店里有一共有六百八十个补光灯和二百个吸引顾客的聚光灯，这里是整栋楼里电磁活动最强的地方。也就意味着探测仪能检测到。"

他抓起一个探测计在手中晃动，就好像是上香前的摇香动作。

"两毫高斯。"马特说，"我猜可能一整晚都会是这个读数。"

"那为什么还要放这些探测计呢？"艾米问。

马特拿出一个翻转摄像机，把背包搭在肩上，然后给了艾米一个店里的指示地图和一支铅笔。

"我每在一个地方放上一只探测计你就在地图上标记一次，要是漏掉一个，特里妮缇会杀了我的。"马特对艾米说。

"但如果这些探测计除了能检测到照明网的电流活动以外什么都检测不到的话，那你为什么要放？"艾米一边问一边跟着马特走上了金光大道，并朝卧室展区走去。

"因为是特里妮缇叫我这么做的。"

"你非常爱她吗？"

马特没有回答。艾米了解特里妮缇对店里这些男性员工有巨大的魅惑力。她只需要表现得像个超级可爱的日本小女生一样，就会有一大群男性员工愿意追随她，参加她的猎鬼计划。

马特在Sylbian床头柜上放下了第一个探测计。一边放嘴里一边念叨："杰森·霍斯，乐通酒店里我最喜欢的员工。"

艾米呆呆地看着他。

"我喜欢用电视里那些猎鬼人的名字来命名这些探测计，你只需要帮我在地图上标记下来就可以了，行吗？"马特解释说。

他们沿着金光大道一路向前走去，离开卧室展区后又经过了卫生间展区和衣柜展区。每隔二十米，马特就会放置一个探测计：Finnimbrun的衣柜上、Liripip的单门衣柜里、儿童房展区外的成员电话亭上。他给每一个探测计都取了名字：罗琳·沃伦，养鸡农民；瑞恩·比尔，戏剧天后；乔西·盖茨，爱冒险的贱女人……

"你对这些人有什么看法吗？"艾米问。

"她们草率地下结论，根本就不知道'能量'是什么意思，却频频说出这个词。她们根本就不知道自己所带装备的工作原理，却假装自己懂物理。她们自称是科学家，却鞭挞玷污科学方法。最糟糕的是，她们在电视上的表现都很烂。"

"换成你们两个就会很棒吗？"

"那当然了，"马特说，"特里妮缇带着摄像机去就能点燃全场。她很幽默，长得又好看，表现也会很自然，更酷的是她会接电路。即使我们拍不到任何幽灵，我们的视频最后还是会火。我们会把电动势探测计纪录下的电流强弱变化绘成各种形式的图表，比如红外线和红外夜视，或者影射一种电流声，用温度探针远程探测那些阴冷的地方，装配运动探测器，并且纪录下任何我们能发现的超音波。一旦我们完成这些工作，就会有一大堆关于这家店的精彩闹鬼镜头，而这里，在现在或是几个小时后会是世界上最恐怖的地方，然后我会在这个基础上进行加工，这样一来，不管有没有拍到幽灵，我们的录像带都会震撼世人。"

艾米突然明白了什么。

"你根本就不相信世上有鬼，完全不相信。"艾米说。

马特打开摄像机，对着艾米说："我相信幽灵是存在于人的主观意志里面，而并非存在于客观世界中。它只存在于那些看见过鬼的人的观念里。"

"意思就是幽灵不是真实的吗？"

"我可没有这么说。来吧，我们来录像，这感觉好像是电影《鬼娃回魂》里面的片段。"

他们来到了儿童房展区，艾米看着马特，他拿着摄像机拍堆满填充动物玩具的推车，一个个躺在上面的玩具就像一具具死尸一样；接着又把摄像机镜头转到摆放玩偶的书架，每个玩偶都眼神空洞地盯着远处，还有一直空着的床上面印着马戏团动物的床单和被遗弃在鬼域的儿童床。马特很聪明，在看过每一期猎鬼节目之后，他很清楚观众想要看什么：诡异的玩偶、恐怖的房间和鬼魅的模糊黑影。

"你一开始告诉特里妮缇你亲眼见过鬼，一个人形幽灵。特里妮缇是这么说的吧。"

"我是看到了什么东西，我的大脑就默认那是鬼。但人的大脑是很复杂的，会出现颞叶癫痫、睡眠麻痹、空想性错视。所以我看到的那个也可能是其他的任何东西。"马特说。

"但不是一个死人的灵魂。"

"对。"

他们抄近路来到储物柜展区，马特停下来，躺到地板上拍摄悬在墙上的Runcate储物壁柜，然后爬上一个Qualtagh，站在上面拍摄着黑暗中这一排排的家具。

"特里妮缇认为鬼是真实存在的，但你的这些所谓幽灵的玩意儿都只是为了能跟她上床而已。"

"你为什么这么在意我和她是不是有一腿这件事？你见过我盘问你的性生活吗？"

"因为这件事再一次证明了男人都是狗。特里妮缇显然把今晚这件事看得很重要，而你假装很重视，就是为了骗她上床。这简直太过分了。说这里过去是监狱的故事也是你胡乱编的吧？"

"那个凯霍加县的圆形监狱是真实存在的，你从来没有听说过吗？"

"我对俄亥俄州的这些特殊历史事件不太了解。"

"这座监狱在十九世纪很出名。里面的狱警约西亚·沃思是个彻头彻尾的疯子。他认为全天二十四小时监管犯人能让他们改过自新。监狱是圆形的，圆心处是警卫室，这样一来那些罪犯们（约西亚称他们是忏悔者）永远都无法知道自己有没有被监视，没有一丁点隐私。人们管它叫圆形监狱。这个监狱下面有三间地下室，所有的罪犯都在里面工作。那是一个只有体力劳动的巨大迷宫，日复一日给罪犯们洗脑，就像Orsk一样。"

"不要让巴兹尔听见你刚才的话。"

"但这是事实，"马特不满地说，"在Orsk都是照本宣科式的洗脑。它想让你被事先就预设好的购物经历牵着鼻子走，凯霍加县的圆形监狱也是一样。约西亚相信靠强制劳动、机械重复和全程监管就能让罪犯们改过自新，这是以前那个相信一座建筑就可以引发心理效应的年代发生的事了。"

马特带着艾米走过一排闪闪发光的Helvetesniks，然后他们沿捷径走到衣柜展区。

他们停下之后发现自己正站在一个Plexiglas展柜前面。展柜里面是一个机器手臂，不断地重复开关着一台Yclept多媒体机箱，以显示Orsk生产枢纽的强大与持久。

不知怎么，他们始终在绕圈。

"你之前没有注意我们走的方向吗？"艾米问。

"我之前一直在跟你说话啊，但这基本证明了我之前说的话。在这家店里，哪怕你只走神了一分钟，就会迷失方向。注意力分散之后发生的事情，你知道的，花八百美元买一个用刨花板做的Runcate储物壁柜。"

他们回到金光大道，一直跟着地上的指示箭头走，这些箭头会带他们经过厨房展区、餐厅展区，最终到达卧室展区。

"你一定认为我完全搞明白这个地方了。"马特说。

"当然了，"艾米冷淡地回答道，"听起来感觉你把自己的整个人生都想明白了。"

"我并没有想明白我的人生，我只是想好了逃离俄亥俄州的计划。'猛鬼炮弹'会引起轰动，我和特里妮缇会永远幸福地生活在一起。然后下次你看电视换到Bravo电视台时，你会惊呼的。"

突然马特和艾米都停下了脚步。他们到了一个堆满黑白桦木桌和旋转椅的地方。莫名其妙，他们又走回了家庭办公室展区。

"现在懂我的意思了吗？我们Orsk最伟大的主人，汤姆·拉森创建这家店的目的就是为了诱发顾客产生"格伦转移效应"——一种困惑和分不清方向的感觉，让人完全迷失方向感。就像是宜家家居和Crate & Barrel家具店一样。我上周就在山姆会员店迷路了。"马特说。

"我懂了，你已经说得很清楚了。"艾米接话道。

这时马特的手机响了起来，他看了看来电显示："是特里妮缇。"他接起电话，答应特里妮缇和她在Müskk床那里碰面，之后他挂断了电话对艾米说道："她们在等我们。"

从和露丝·安妮一起巡逻开始，艾米以为时间只过去了几分钟，但当她看手表时才发现已经过去差不多半个小时了。她心想：巴兹尔一定在想发生了什么事。

她和马特又一次返回金光大道，继续往回朝厨房展区和餐厅展区走，这已经是第三次了。这时艾米开口对马特说道："我得找到露丝·安妮，然后和她一起回到休息室去。你想让我跟巴兹尔怎么说？"

"你的意思是？"

"他知道你们两个偷溜进商店的话，一定会生气的。"

马特没有回答。他正疑惑地盯着他的摄像机取景器。他们沿着拐角走到一个地方，那里本应该是厨房展区，但他们却发现自己又一次走到了家庭办公室展区。

"等等，刚刚发生了什么？"艾米问。

马特摇摇头回答道："这不可能啊。"

"你又绕了一圈。"

"你看摄像机。"

艾米看着马特把摄像机镜头移到金光大道，然后一直移到前方的家庭办公室展区。

但摄像机上却显示前方是厨房展区。

"这是之前拍下的镜头。"艾米说。

"不对。"马特一边说一边猛摇摄像机镜头。他每移动一步，摄像机中厨房展区的画面就跟着他一起移动。他不断推进镜头，直到镜头上只显示出Gradgrind橱柜。马特把镜头放得很大，以至于艾米都能看清上面显示的库存单元和销售价格。

但放下摄像机镜头，前面其实什么都没有。

"一定是你摄像机的存储卡出问题了。"艾米说。

马特取出存储卡，夹在两个手指中间，这个画面就像是魔术师向观众展示你挑出的那张卡一样。"不是存储卡的问题。"马特说。

"不可能，我不相信。"艾米说。

"信不信由你，我们两个都经历了刚才的事情。所以我分析有三种可能性：要么在我们面前的真的就是厨房展区，但我们认为那是家庭办公室展区，那么摄像机镜头里显示的就是对的；要么在我们面前的是家庭办公室展区，但不知道出于什么原因，摄像机上显示的却是厨房展区，说明是摄像机的问题。"马特回答。

"那第三种可能性是什么？"

"我们两个都疯了。"

"这不可能。"艾米的语气中充满了无助。

"很有可能，"马特说，"记得我之前告诉你的关于电磁场的事情吗？极强的电磁场能造成头脑的混乱。可能是照明网络引起了这么强大的电磁场，也可能是电线，还有可能是这座大楼下面本身就有很大的地磁场。"

"如果是电磁场影响了我们的大脑，那为什么连你的摄像机也受到了干扰呢？"艾米问。

"可能我的摄像机并没有被干扰。也许它本身就是好的，只是我们产生了幻觉，认为它出问题了。"

最后他们两个想出了另外一个办法：这次，他们忽略眼睛看到的位置，一心只跟着摄像机上指示的方向走。

马特四处晃动着摄像机，直到摄像机镜头上显示出他们想要走的方向，然后他把摄像机移到眼前。他们跟着摄像机上显示的路走，完全不管自己周围到底是不是和摄像机里显示的一样。这种与现实分离的感觉让艾米感到很不舒服。

"我不想变成疯子。"艾米说。

"我们没有疯，只是我们的大脑正在经受强大的电磁场产生的干扰。"

他们一直跟着摄像机显示的路线走，而事实上他们似乎在绕圈。摄像机上显示他们正走过储物柜展区，但事实上他们却撞上了家庭办公室展区里的废纸篓和文件柜，之后又爬上了卧室展区里的垫脚软凳和茶几。

"如果我们成功走到了Müskk 床那儿，但是却不见露丝·安妮和特里妮缇的人影怎么办？"艾米问道，"要是我们在摄像机镜头上看到她们，但事实上她们却不在那里又该怎么办？"

"一次只说一件吓人的事好不好。小心你的左边。"

马特按住艾米的头往脚下看，此时的艾米正站在展柜的边缘，险些摔下去。紧接着他们爬过一个Potemkin扶手椅，从展区的另外一边出去了。此时摄像机镜头上显示的是他们正在向右急转弯。

"这个路又会把我们带回到原点。"艾米说。

"先别慌，继续跟着摄像机显示的路走。"

艾米一只手搭在马特的肩膀上，继续朝前走。这次他们两个人都走得更快了。他们不敢大声喘气，马特的汗水已经浸湿了身上的黑色连帽衫。他们转过最后一个弯，方向意识模糊了几秒之后发现眼前真实看到的画面终于和摄像机上显示的一致了。

眼前，露丝·安妮和特里妮缇两个人正坐在Müskk 床上等着他们。

"你们两个去哪了？去亲热了？"特里妮缇问道。

艾米坐在床边上，双手抱住头，她试图理清思绪，让自己冷静下来。"我都不知道应该怎么跟你们说。我们刚才迷路了，完完全全、彻彻底底地迷失了方向。"

"这样说就有一点夸张了，我不是把我们两个都平安带回到这里了吗？"马特接话道。

露丝·安妮在艾米身边蹲下，关切地问道："你看起来有些憔悴，发生什么事了？"

艾米把刚才她和马特遇到的事情一五一十地说了出来，并说明他们两个是如何依靠摄像机镜头的指示回到卧室展区的。特里妮缇在一旁越听越兴奋。

"听起来像是灵异事件。不然还会是什么呢？没有其他合理的解释了。"特里妮缇说。

"有很多合理的解释。"马特说。

"不管有没有现实的合理解释，我想试试。"特里妮缇对马特说，"带上摄像机，我们一起去厨房展区，看我们是不是还能遇上这样的事。"说完，她抓起马特的手就往金光大道的方向跑，马特都没来得及拿上一个装备袋就被拉走了。

艾米转身对露丝·安妮说："我们现在必须回休息室那边去，巴兹尔一定已经在那里等我们了。"

"好的。"露丝·安妮说着便一手搂过艾米的腰，把她从床上扶了起来，"来吧，可能你去自动贩卖机买点什么东西吃就好一点了，可以买一包脆饼干，给体内补充点儿血糖。"

说完她们一起走进了衣柜展区，整个展厅又回到了之前的死寂，就像一件巨大的裹尸布紧紧包裹着她们。艾米心里默念自己不再会害怕了，但当她们踏上那条金光大道时，她脑海中蹦出的又一次迷路的想法越来越强烈。她加快了步伐，心头的恐慌感汹涌袭来，快要吞没她了。当她看见前方色彩鲜艳的儿童双层床时才终于长舒了一口气。但艾米还是一直怀揣着紧张害怕的情绪，丝毫不敢松懈，直到她和露丝·安妮最终到达休息室，看见并触摸到休息室伸手可及的四面墙壁时才放松下来。

"终于到了，真好。"露丝·安妮小声说道。

"我也这么觉得。"

"按照之前巴兹尔给我们的时间表，我们在下一次巡逻前有十五分钟的休息时间。"

艾米的心这才终于沉了下来。

KJËRRING

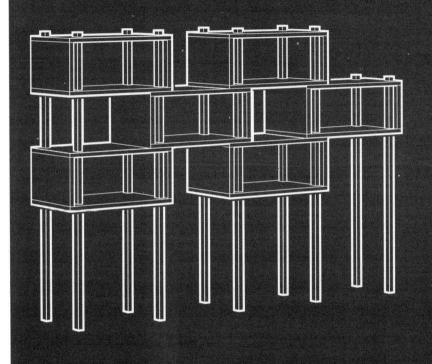

将您的回忆陈列出来吧。Kjërring储物架让点缀您美好、高雅、文艺生活的一切所爱之物都井井有条：您可以放上书籍、电影光盘、唱片等。

产品颜色：白桦木色、浅棕色、卡其色
产品尺寸：厚46.36CM　宽146.69CM　高132.72CM
产品编号：7766611132

当艾米和露丝·安妮进入休息室时，在里面等待的巴兹尔正怒火中烧："你们不明白什么叫'三十分钟'吗？你们两个这么长时间干什么去了？"

"我们碰见马特和特里妮缇了，和他们聊了一会儿。"露丝·安妮解释道。

"你说什么？"

"用口香糖把员工入口大门的门锁堵起来的就是他们两个，但特里妮缇说了，他们会在走之前把口香糖清理干净的，所以你不必担心。"露丝·安妮说。

"你说什么？"巴兹尔重复着问道。

"你知道在A&E电视台上的那些猎鬼人吗？啊，糟糕，他们两个好像不想上那家电视台。对了，是Bravo电视台。总之他们说这个地方以前是一座监狱，他们两个还带了摄像机、扩音器和其他的一些电磁探测器，现在正在拍他们自己的寻鬼视频秀，真的很不错。我和艾米刚好撞见了他们两个接吻，是吧，艾米？"

"是的。"艾米说完便坐在一张Arsles沙发上，双臂交叉怀抱在胸前。

她决定要一整晚都坐在这里，再也不去外面进行什么巡逻了，打死都不去。她克制住了看手机的冲动。她上一次看手机的时间是凌晨零点二十分，她想，要是自己再看一遍，然后发现还不到凌晨一点的话，她会疯掉的。

她不能看。

她不久前才看了时间，现在看的话有点太快了。

但最终，她还是看了。

凌晨零点二十五分。

"这简直太不可思议了，他们为什么要这么做。"巴兹尔问。

"他们想让Orsk出名。"露丝·安妮回答道。

"Orsk本来就已经很出名了。你们两个，快带我去找他们俩，马上。"

艾米并不想参与此事。她只想在这样正常的环境中安静地坐着，不要再去展厅层了。她抬眼环顾四周，想要找个能让眼睛放松的地方看着。

"那里一直都有块污渍吗？"她仔细盯着天花板三块瓷砖上

已经褪色的黄色斑点问道。

"是的。"巴兹尔回答。

"我觉得以前没有。"艾米说。

"都已经褪色了，所以不可能是最近刚弄上去的。好了，谜题解决了。"巴兹尔说。

艾米有一种不祥的预感，她觉得巴兹尔说得不对。艾米记得之前下午的时候，当巴兹尔正引用汤姆·拉森自传第三章"我的零售生涯"里的某段话时，她正望着天花板数上面的瓷砖，她一共数了一百一十二块，没有一块上面有污渍。

"我们走吧，我现在得去搞掂他们两个的麻烦事。"巴兹尔说。

"这算不上是麻烦事吧。"露丝·安妮在一旁说道。

"算，这绝对就是一件麻烦事。"

但他们还没有出发，那两个"麻烦精"就跑了下来。特里妮缇冲进休息室的房门，大口大口地喘着粗气，一只手举着摄像机在空中挥舞。

"我拍到鬼了！"她边叫边在休息室里手舞足蹈地跑来跑去，举起摄像机在头顶上不停摇晃，然后一路跳回到艾米他们身边，兴奋地叫道："我拍到鬼了！我拍到鬼了！我拍到了真正的鬼！"

"不要再叫了！"巴兹尔对着特里妮缇吼道，"你简直太过分了！你根本就不该来这里！"

"那不是鬼。"浑身是汗的马特跟着跑了过来，气喘吁吁地说，"有人从员工入口那边的门进来了，他现在就在店里，和我们一起。"

"你们两个不能这么做，你们不能像疯子一样跑来跑去。这涉及到担责任的问题。如果帕特知道你们两个今晚的所作所为，一定会当场开除你们。"

"我们可以给他们看我拍到的镜头。我们拍到了，而且超棒！"特里妮缇依然很激动地说道。

"那不是鬼，"马特重复了一遍，"鬼不会……不会这么做。"

"都不要说了！"巴兹尔又一次吼道。这次特里妮缇终于消停了，巴兹尔继续说："我现在没这个心情。明天早上，公司总部的人走了之后，我们坐下来好好谈谈你们两个在Orsk未来的发展问题。"

"我的未来就是'猛鬼炮弹'。因为有了我手中的这个视频镜头，我们一定会大火，到时候你们一定会大跌眼镜。"特里妮缇说。

露丝·安妮听后说道："别人的想法我不知道，但我很乐意看一看。"

"你这样是在丢自己的脸，那根本就不是鬼，而是有人躲在店里。"马特对特里妮缇说。

"丢脸的只会是你，"特里妮缇反击道，"我知道这就是鬼，因为我看到它了，而且它就从我身边经过，我拍到了这个画面。你说这不是鬼是因为你嫉妒我。"

"这个世界上没有鬼，"马特生气地回答道，"幽灵从来就没有存在过。以前没有，现在没有，将来也不会有。它们都是被编造出来吓唬那些怕死之人的，只是睡前故事而已，你居然愚蠢到相信它们真的存在！"

马特的声音在整个房间里回荡，此时特里妮缇的表情看上去就像是被狠狠地扇了一巴掌。

马特结结巴巴地解释说："我的意思是，我猜它们是存在的，但我们刚才看到的那个不是。"

"滚一边去。"特里妮缇说完便转身背对着马特。转而对露丝·安妮说道："露丝·安妮，你想看我拍到的鬼吗？过来看一眼。"

特里妮缇打开摄像机，回放镜头。让她没想到的是，艾米也凑了过来。刚开始镜头画面都是像静电流一样的条纹，紧接着画面恢复到了正常播放速度。镜头上显示的是一个放在Frånjk 桌面上的电动式探测计，桌子周围摆放了八张椅子。镜头画面不断缩小，直到那个探测计变成了一个小白点，接着摄像机逐渐向它移动，在摄像机左右晃动的时候还真有点上演恐怖片的感觉。摄像机扬声器里突然传来特里妮缇微弱的说话声："那些对忏悔者的惩罚是为了救赎他们的灵魂。即使是现在，整个Orsk里也回荡着亡灵的哭喊声。"

"是你在旁白？"艾米问特里妮缇。

"我告诉过她不要这么做。"马特说。

"没人跟你说话，马特。"特里妮缇说。

餐厅展区出现在镜头画面上，摄像机拍到了一张餐桌。接着镜头又扫过Orsk里挂着的一张海报，上面写着"Orsk：永恒的家"，上面一条条列着用于制造Frånjk的环保原材料。然后又拍到了卧室展区门前立着的人像。之后出现在镜头画面上的是Rimmeyob书架。此刻艾米感觉身边没有了呼吸声，她吓得双腿发麻。

慢慢地，镜头回到了卧室展区的门，但有些太迟了。一团黑影冲过去，镜头一下子黑了。紧接着摄像机被重新翻过来，恢复了正常拍摄画面，一道亮光掠过镜头画面。

"你们看见了吗？"特里妮缇激动地说道，"他刚好朝我冲过来！他全身冰冷，然后'唰'的一下从我身边跑过去了，我还被一把椅子绊倒了。"

"他直接从你身边跑过去了！"马特说。

"他是想尝试着跟我交流！"

摄像机画面翻转了几下，然后突然拍到一个男人的后背，他正从金光大道向厨房展区跑去。在那个背影窜到一个孤立的工作台后面时，艾米瞥到了他穿的深蓝色衬衣和白色网球鞋。

"你看吧，他穿的是运动鞋。什么样的鬼会穿运动鞋啊？"马特质疑地说道。

"啊，天啊！我看到过这个人！今天早上我来上班的时候他就在这里。我看到他站在卧室展区里。"艾米忽然惊叫起来。

"你之前为什么不说？"巴兹尔问道。

"因为我不是安保部门的，可以吗？那不是我的工作。"艾米回答。

"看见什么说什么，这句话就在你们员工手册的第三十六页上，你应该知道的，艾米。"

艾米没有理会巴兹尔说的话，她接着说道："这就是我看到的那个人。卫生间的那些涂鸦，还有Brooka沙发上的尿布，一定就是这个人干的！"

"这不是一个人，这是鬼。"特里妮缇说。

"这不是鬼！"马特反驳道。

这时特里妮缇转身对马特说道："你是不是一直以来都在骗我？你说你相信鬼的存在，但现在我终于清楚地拍到了鬼的画面，你又说这不是鬼？"

"你到底有没有听我之前说的话？"

"没有。因为你说的所有话都是那种轻言放弃的人才会说出口的。我们到这里来拍闹鬼视频，在没有拍到之前我们就不会走。就是这样。"

"你们两个都给我闭嘴！"巴兹尔咆哮着吼道。

他的声音回荡在整个房间。大家都安静了下来。

"这不是什么玩耍派对！"他厉声说道，"我手下两名员工破坏门锁，闯进店里拍什么电视节目视频，还有一个破坏者蓄意闯进店里到处涂鸦、破坏家具。而且，"他看看表继续说道，"六个小时后，一组从总公司来的咨询人员会抵达店里，我们必须让这里看起来像是什么事都没有发生过，我们必须处理好这种情况，必须保证帕特在总部接到的是好消息，否则我们大家就等着给匹兹堡的宜家家居投简历吧。你们听明白了吗？"

大家都默不作声，只静静听着他讲话。

"当务之急是找到这个人。"巴兹尔说。

"是鬼！"特里妮缇强调说。

"够了。"巴兹尔说，"我们大家一起行动，在店里一处一处地搜寻。一旦我们找到他，就想想怎么处置他。然后我再想办法处置你们两个。"

"你要怎么找到他？"艾米问。

"我不知道，也许我们可以站成一个横排行进。"巴兹尔回答。

"他就在那里。"特里妮缇说。

"或者我们从店中心开始，然后向四周辐射行动。"马特说。

"他就在那里。"特里妮缇又一次说道。

"又或许我们站到高处向下俯瞰，可以把整个店里的情况看得更清楚，然后分区域依次进行巡查。"巴兹尔说。

"或者我们可以直接到他所在的地方去。"特里妮缇说。

"你是怎么想到这主意的？"巴兹尔恼怒地问道。

"因为我正看着他。"

他们所有人的视线都转向特里妮缇看的方向。

之前这个休息室角落的平板电视上播放的是CNN的新闻，

而现在电视画面上出现的却是一个样品摄像机拍出的镜头。电视画面突然出现之后又慢慢变得模糊，根本没有CNN新闻台的标志或新闻播报。上面显示的是一个监控摄像头拍摄到的画面。画面上灯光很昏暗，但还是可以准确看出显示的就是展厅这一层卧室展区和餐厅展区中间的某个交界区域。

"就是这里。"特里妮缇一边说一边走过去指着电视屏幕。

他们都看见了。一组Kjërring书架旁露出了男人的一条腿。他们能看清的就是他穿着过膝的裤子，脚踝裸露，脚上穿着一双脏破的运动鞋。当他们都盯着屏幕看的时候，那个男人突然把腿缩回到Kjërring书架后面。这个动作把他们都吓了一跳，艾米害怕地往后退了一步。所有人都焦虑不安地看向巴兹尔，他们需要一个发号施令的组织者。这时巴兹尔察觉出了周围气场的变化，立马做出了反应。

"好，那我们现在去餐厅展区。"巴兹尔对大家说道。

"电视上怎么会显示监控摄像头拍到的画面？"艾米问道。

"我也不知道，"巴兹尔回答道，"但只要问题还没有解决，我就必须挺身而出。现在一个身份未知的人正在我们店里，我们必须……去和他聊聊，看看他到底是谁，然后解决这件事。"

"给我几秒钟，让我换一下摄像机的电池。"特里妮缇说着便打开了背包。

"你不能跟来。"巴兹尔说。

"不可能。"特里妮缇回答。

阿波、阿奇·威尔逊

蜂巢　这里

3年　是

永远

赫根

肥猪·派遣

⑤年

卡尔森·摩尔／蜂巢

3年　6年

4年　7年

5年　永远

比尔·波勒 ≠ VI

查理·罗兹尔

六

八年为主

J.巴顿

蜂巢

2年

丹尼·劳

1年又9月

2年

阿奇巴德·比特

10年

多枚·梁德斯

90天 200天 500天

加拉斯·梅格

"39

再加四

伊基·威尔

1827

迈克·布莱莱恩斯

8年

辛格
斯托曼
年或3年

尼

绅士乔 4年 ⑤年

哈利·希罗 5年？

帧登·麦克劳人

无期

还索·达

盖伊罗德·B.胡贝尔

廿 卅 卌 ≠ VII

老垃圾

丹尼·德里斯

1年

基特·波尔
蜂巢

费尔南多

伍

3

风子

·考克斯 / 蜂巢

年
年
年
年
年
永远

碧奇 · 盖瑞蒂
'31— '38 R.I.P

蜂巢

丹·诺波尔
无期

02水·吉
2年
4年

席德·贝利
1年
2年
6年

终身监禁 眼球劳斯
1年
6年

昂尼·乔治
1111

立撒路斯
<111V

这是
地狱

荷兰人海因奇斯
直到我主耶稣
带我回家

耶稣受死
耶稣祝福我
救亡在的最 耶稣

米克法官
十年
再加1年

旅人杰克

尼
克莱利 世 V

布疗伤

扬希·罗斯
蜂巢
6个月

2年
3年
4年
5年

昆宝·波
3年

特·贝恩斯
8年 卅

比利·帕特森
6年 '38

汤姆·海尔
'29~'33

"他说得对，特里妮缇，这个人已经攻击过你一次了，这次就让我们几个来处理吧。"马特说。

"你也不要跟着来。"巴兹尔对着马特说。

"哈哈哈！"特里妮缇大笑。

"你无法把我们困在这里，这里甚至连扇门都没有。"马特反驳说。

"那我们就把你们押送到你们的车里去。"

"我们必须去拿回我们的装备，那些都很贵的。"

巴兹尔一脸无计可施的表情。

这时露丝·安妮开口说道："不好意思，我并不想多管闲事，但我们难道不应该在这个人再次躲起来之前找到他吗？而且我们人越多就越安全，或许我们现在应该团结在一起，不是吗？"

"你们什么时候拍下的这个视频？"

"大约十五分钟之前。"马特回答道。

"好吧，我们团结起来一起找出这个人。记得带上你们的摄像机，以防我们需要记录下什么上交给帕特，也可以证明一下我的指挥都是正确的。"巴兹尔说道。

几分钟之后，他们一行人跟着巴兹尔走出了休息室。艾米并不想去展厅，但她也不想一个人待在这里。于是她远远地跟在队伍后面。

巴兹尔走到女士卫生间门口时忽然停了下来。

"你之前提到过卫生间的涂鸦，是不是？"巴兹尔问艾米。

"是，就在里面。"艾米回答道。

他们跟着巴兹尔进了卫生间，艾米走在最后面。看到眼前的一切时，大家都沉默了，几乎一分钟没有一个人说话。整面墙上布满了划痕，就好像是有人拿凿子从地板到天花板到处乱刻乱划。黄色墙体上的每一寸都被刮擦、刻花、凿打，整面墙面目全非。

"这是……"巴兹尔声音慢慢变小，"你之前为什么不说？"

"之前没有这么严重，现在更糟了。"艾米回答。

特里妮缇好奇地伸出手指触碰墙面。

露丝·安妮呆呆地站在原地，纹丝不动，她不想碰到任何东西。整个卫生间闻起来一股尿布味，就像之前的Brooka沙发一样，只不过味道比那个更刺鼻。

"蜂巢。"马特大声地念着墙上的字。这个词不断地重复出现，旁边还有数不清的名字和数字。"蜂巢是什么鬼东西？"

"不可能有人能这么做，尤其是在商店关门之后。一定得耗费一整晚的时间才能涂鸦成这样。"巴兹尔说道。

但它偏偏就这样发生了，事实就摆在眼前。

"我不能再闻这个味道了，我快要窒息了。"露丝·安妮说着，跑出了卫生间。其他人也跟着走了出来，站在过道上。

"我确信这一定有合理的解释。你们每个人都听好，按照我的吩咐去做。全都听明白了吗？"巴兹尔对大家说。

"我们得报警。"艾米说。

"绝对不要。如果警察来了，那么帕特也会来。他知道了会很生气。公司总部的人明天一早还是会来，问题还是没有解决。但如果我们一起对整个店进行全盘搜查，如果我们找到了这个人，我们就能一次性把这件事情解决好，不留后患。"巴兹尔说。

"我不要再回展厅那边去了，"艾米说道，"对不起，但我真的受够巡逻了。"

"随你便吧，"巴兹尔说，"你和露丝·安妮可以留在休息室。走吧，我不想任何人单独待在店里。"

露丝·安妮点点头，但看上去她对巴兹尔的这个决定并不是很满意。

"看到任何可疑的情况就给我打电话。"巴兹尔说，"切记，不管发生什么，都不要离开休息室。在这家店里走动的人已经够多了，越来越像《史酷比》里面的情节了。找到这个男人后我们再会合。"

这是整晚以来艾米第一次这么欣然接受巴兹尔的命令。她走回休息室后拿出了手机。

"我不喜欢这样。"露丝·安妮边说边跟在艾米后面走进了休息室。

"我也不喜欢。"艾米说着，打开了手机屏幕。

"你在干什么？"

"报警。"

"但我们刚刚才说了不报警。"

"我说谎了。"

"您好，这里是911，请问您遇到了什么紧急情况？"电话另一边的接线员问道。

"你好，我在凯霍加县的Orsk，这里有一名顾客，或者说某个身份不明人士躲在我们店里。他蓄意破坏了我们店内的卫生间，我认为他是个危险人物。"

"那您是需要警察、消防人员还是急救人员呢？"

"我想的话，警察吧？或者应急警务员？"

"请问现场有人受伤吗？"

"没有，但他快把我们魂都吓掉了。"

"那请问您的具体位置是在哪里呢？"

"我在Orsk，一个家具店，就在77号大街上，靠近独立酒店。"

"请问您能提供确切的街道地址吗？"

艾米的脑子一片空白。她从来没有认真记过Orsk的地址，但它就在那里啊，就静静地立在高速公路旁，就像克莱克·拜瑞尔餐厅或者家得宝家居店一样。她开始在员工布告栏贴着的备忘录上寻找Orsk的街道地址，终于在Orsk字体的前面发现了印得很小的地址。

"7414，河滨公园快车道，这是77号大街的一条支路。"

"请问是居民楼还是商业大厦？"

"艾米？"这时候露丝·安妮开口了。

"是一栋挂着巨大招牌，招牌上大大地写着Orsk的大楼。Orsk在全国有上百家连锁店，你不知道吗？"

"艾米？"露丝·安妮一边小声叫着艾米一边轻拍着她的肩膀。

"稍等一下。"艾米对着电话那边的接线员说完后把电话放到肚子上捂住听筒，对露丝·安妮问道："怎么了？"

"挂电话。"

"为什么？"

"我需要这份工作，你还年轻，你可以找任何其他的工作，但是我不一样。我如果丢掉了这份工作就彻底失业了。所以挂电话吧。"

"谁在乎你的工作啊？你考虑过你的安全吗？"

"我求你了，艾米，作为朋友，我请求你挂断电话。"

艾米迟疑了一会后重新把电话拿到耳边。

"请问您还在吗？"接线员问。

"我搞错了，我不报警了。"

"是这样，我已经通知了警务人员，他们现在正去往您的位置，我必须……"

艾米没等接线员说完就直接挂断了电话。

"谢谢。"露丝·安妮说。

"这不是一个好办法，巴兹尔只会火上浇油，让情况变得更糟。"

"他会找到这个人的。"露丝·安妮说，"我知道他会找到的。我们报警的话就是藐视他的权威。”

　　这时艾米的手机突然响起来，她接起了电话。

　　是之前的911接线员："刚才您的电话突然断线了。我打过来是想告诉您我们的警务人员已经往您提供的位置去了，布雷克斯维尔的7414河滨公园快车道。他们应该很快就能到达。"

　　"谢谢。"艾米挂断电话，转身对着露丝·安妮说："警务人员已经出动了。"

　　露丝·安妮咬咬唇说道："哦，好吧。"

　　"对不起。"道歉后，艾米继续说道，"但你知道吗？我其实也没有那么觉得对不起。我们就安静地坐在这里，二十分钟之后这一切都会结束。"

　　"不。我们两个现在一起上楼去，然后在警察来之前帮巴兹尔找到这个人。我们要按照他吩咐的做，我们要保住工作。"

　　"我不去，我不会再回去那楼上了。"

　　"哦，天啊。"露丝·安妮紧张地在房间里走来走去，就好像是在观察周围有没有人在监视她们。然后她的目光转向艾米。之前在她身上所有的犹豫不决、紧张焦虑和慈眉善目顷刻间消失得无影无踪。她对艾米说道："给我好好听着，你这个不知天高地厚的小家伙。"

　　艾米从没有听过露丝·安妮用这样的口气说话，事实上她根本不知道露丝·安妮也能这样跟人说话。

　　"也许你身后有一个安全的港湾，但我没有。我没有结婚，朋友也不多，当我晚上独自一个人在家的时候，我通常都是做填字游戏或者跟史努比一起看电视。你知道史努比是谁吗？它是我在大湖集市上赢的毛绒玩具狗。你知道我拥有的是什么吗？就是这份工作。这份工作保障我的房租，让我有了一个家，因为有它，我还拥有了一个精致的厨房。而现在我不会因为某个因害怕而干坐在这里一直动嘴皮子，却不肯上楼去帮她的同伴一起抓出在店里鬼鬼祟祟的男人的女孩，而眼看着自己丢掉这份工作。"

"露丝·安妮……"

"不要说话，你今晚已经说得太多了，是时候安静下来听我说了。你现在已经二十四岁了，你不再是十三岁，也不再有当年的年少无知，这些都离你远去了。你需要勇敢起来，做好防范，准备出击，你的行为要符合你成年女性的身份。你不想出去？不想去楼上？真是太可惜了，我也同样不想去，但工作本身就是做一些你不情愿做的事，这就是他们付你工资的原因。生活不在乎你想要什么，其他人也不会在乎。他们在乎的是你做什么。而现在你需要做的就是和我肩并肩踏出这扇门，找到巴兹尔他们，然后帮助他们一起解决这个麻烦。至于明天，你可以随心所欲，但我决定要保住我的工作。所以你给我站起来，勇敢一点，然后我们开始行动。"

艾米张嘴想要说些什么，但她意识到自己除了回答一声"好的"之外，什么也说不出。

Orsk员工评估

店铺号: 00108   **店铺地址:** 俄亥俄州凯霍加   **店铺经理:** 巴兹尔·华盛顿

员工证件号:	姓名:	负责区域:	工作年限:
408 2156800	特里妮缇·帕克	装潢与设计	3年

评估:

该员工曾两次因为与顾客谈论超自然事件而接受面对面指导,但其装潢技术使得店铺内销售环境赏心悦目。决定领导力的是结果,而非个性。

员工证件号:	姓名:	负责区域:	工作年限:
407 2345641	马特·麦格拉	客厅与沙发	4年

评估:

该员工在每次与他人谈及脸毛刮理时都会援引《宪法第一修正案》的内容,他似乎陷入了这样的错觉中。我不确定该名员工是否理解《宪法第一修正案》的意思。不推荐对该员工进行指导。成功管理的关键在于领导力,而非权威。

员工证件号:	姓名:	负责区域:	工作年限:
408 2156759	艾米·波特	家庭办公室	3年

评估:

该员工工作表现较差,未能尽到一个区域负责人应尽的职责,但我相信她有进入管理层的潜力。建议对该员工区域测试结果进行严厉批评,我将会要求其于6周后重新接受测试。领导的作用是培养出更多的领导者,而非更多言听计从的员工。

员工证件号:	姓名:	负责区域:	工作年限:
405 1110627	露丝·安妮·德索托	收银台	14年

评估:

我再次推荐晋升该员工的职位并增加其工资待遇。我在审阅该员工的工作记录时发现其有长达三年之久的时间均未得到任何加薪。我认为将该员工工资待遇提升1级能证明Orsk对其长期任劳任怨精神的欣赏与鼓励。水能载舟,让手下的顶尖员工不愁吃穿,你也就不愁吃穿。

WANWEIRD 07

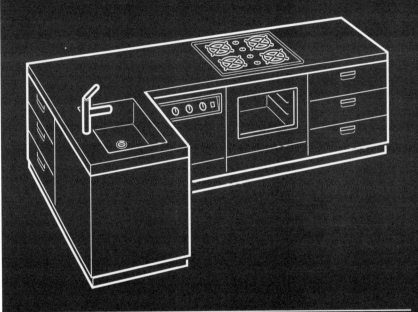

厨房是家的心脏，好烹饪，好友来，美食、美味都在这里诞生。紧跟时代的Wanweird整体橱柜，一个你施展烹饪才华，创造生活艺术的平台。无论是家人温馨的早餐，还是三五好友热闹的盛宴，这里就是您的基地。

产品颜色：雪白色、黑色、深蓝灰色
产品尺寸：根据您厨房具体结构及大小专门定做
如需了解更多详细信息，请直接进店咨询！

艾米和露丝·安妮在卧室展区找到了巴兹尔和其他人，他们正躲在一个Drazel衣柜后面。

"嘘……"巴兹尔挥手把她们两个叫过来，轻声说道，"那个人就在那里。"

巴兹尔一边说一边用手指着通往后勤部的双扇门方向。艾米则乖乖地躲在Drazel衣柜后面。

"他长什么样？"艾米小声问道。

"我们并没有真正看到他，但特里妮缇看到有人影移动，接着我们都看到那扇门在晃动。我们现在的计划是把他引出来，然后用'钳形攻势'，双面夹击，最后抓住他。"

"'钳形攻势'是什么？"艾米问。

"我的老天啊！" 露丝·安妮说完便向双扇门走去，用力推开门，"这里根本就没有人。他可能还藏在餐厅展区的某个架子下面，这个可怜的东西。"

"你刚才的举动太危险了！你很有可能被袭击。"巴兹尔说。

露丝·安妮摇摇头回答道："藏在这个店里的人可能遇上了大麻烦，我猜他需要我们的帮助。"

"她说得很对，连我都不想待在这里，那个人为什么会愿意？"艾米接话道。

巴兹尔没有理会她，他对大家说："我们去餐厅展区那边。"

"等一等。"马特说。

他打开一个Tawse衣柜，从里面拖出其中一个装备包。打开后，伸手拿出了一个大约两英尺长的黑色镁光手电筒，上面的手电筒和一条短棒交叉固定在一起，看起来能敲碎人的头盖骨。

"你不能用这个东西攻击他。"巴兹尔对马特说。

"这要看情况了，这个人之前就差点儿伤害特里妮缇。"马特说。

"我之前接受过商店危机应对管理的相关培训。让我来处理。"巴兹尔说。

马特没有理睬巴兹尔，他直接向餐厅展区方向走去。"你不能打鬼。"特里妮缇跟在他后面大喊，其他人也都纷纷跟了上来。

"你意识到目前的情况已经不再受你控制了吧？"艾米对巴兹尔说。

"现在的局面完全在我的掌控之中。"巴兹尔一边说一边加快步伐跟上队伍。

他们踏上了金光大道，开始向餐厅方向走去。他们经过一面斜靠在墙上的Pronk镜子，冰冷的镜面上映射出他们的身影；经过一排排扶手椅，椅子寂寞地摆在那里，好像在等待着永远不会来的房客；又经过了独自立在原地的书架、没有食物装点的空餐桌、空荡荡的床和不通往任何地方的门。

"有一股味道。"露丝·安妮忽然说。

一股腐泥的恶臭弥漫在整个展厅的空气中，就像是飘散在眼前的雾气一般挥散不去。他们越是靠近餐厅展区，就越是恶臭熏天，钻进他们的鼻孔进入喉咙。这跟卫生间和早上Brooka沙发上散发出来的味道一模一样。这股味道让艾米觉得浑身不舒服。

"跟紧点。"马特对特里妮缇说。但她却离得远远的，似乎还在生马特的气。

他们终于到达了摄像机里看到的那个餐厅展区。此时，他们在金光大道的边上停下了脚步，他们感觉自己像是在电视直播，而下面有成千上万无形的观众正在看着自己。这时，他们旁边的Frånjk 餐桌椅突然翻倒在地上，Frånjk 餐桌中央摆放着一个电磁场测试仪。看到眼前的情景，艾米害怕得心怦怦直跳。

"幽灵朋友，你能听见我说话吗？"特里妮缇突然说。

"嘘，不要暴露自己。"马特对特里妮缇厉声说道。

"别指挥我。"特里妮缇毫不示弱地吼了回去，她用摄像机扫着周围的每一个角落，想要再看一眼之前的鬼，"幽灵朋友，现身吧！"

"我真是不敢相信，我比你们都胆小，但这真的是太荒谬了。"露丝·安妮说。她跪到地上，俯身钻到Kjërring储物柜下面看，"还是什么都没有，他已经走了。"

艾米放松了下来。也许现在他们可以回休息室去了。又或许今天就到此结束，大家各回各家，这样更好。但她无意间往金光大道的方向一瞥，就看到了。

在金光大道的另一边，餐厅展区的对面，是一个紫色的Sylbian卧室展区。展区里的东西都依序排放得很整齐，除了弹簧床垫四周褶皱的白色床裙外，一切都显得井井有条。在床裙下，艾米看到了一只长满毛的男人的手，手指上还戴着一枚金婚戒。

艾米用手肘拱了拱巴兹尔，他的视线移到艾米手指的方向。巴兹尔瞪大眼睛，看着眼前那只长满毛的男人的手。

他们的举动引起了马特的注意，他转过身顺着他们的视线方向望去。当他看到那只手时，不禁向后退了半步。他想要把特里妮缇拉到身边，却被她挣脱了。而露丝·安妮则朝金光大道的反方向后退了几步。

"呵，我们看见你了。"巴兹尔大声地对着那只手的方向叫嚷道。

没有动静。

"在床下面。"他继续吼道，"手上很多毛，戴着结婚戒指，我们看见你了。而且，你已经被我们包围了。"

依然没有任何动静，那只手甚至都没有动一下。一种不安的感觉涌上艾米的心头，她觉得这可能是一具尸体。有人死在了这个卧室展区，而他们几个不可能就这样放任不管。巴兹尔一定会让他们在明早总公司的咨询小队到来之前处理掉尸体。看来今晚注定会是一个漫漫长夜了。

"听着，我们已经报警了，"巴兹尔继续吼道，"要么你自己出来，要么等警察来抓你出来。你想被喷胡椒喷雾吗？想挨枪子儿吗？"

就在这时，露丝·安妮突然站起来从巴兹尔身边走过，她来到床边，伸手抬起了床的一角。那个男人就在床下面。他就像一颗海星，脸朝下呈"大"字躺在地上。发现自己暴露后他急忙跳起来准备逃跑，仿佛一个躲在石头下的小虫子，石头被人搬走后，失去了藏身之处而急忙逃窜。他跟跟跄跄地四处奔逃，突然迎头撞上了床架。他想要停下来，但这突如其来的撞击让他失去了平衡，他跟跄着迈上了金光大道，紧接着在慌乱中又撞上了前面Sploog的双人沙发，最后头朝地摔到地板上。

"你跑啊！"马特对着那个男人大声叫喊道。

"不，别跑！给我停下来！"一旁的巴兹尔吼道。

那个男人猛地从地板上爬起来，一瘸一拐地跑到密密麻麻摆满桌子的地方，然后往储物柜展区里的小路跑去。"我说了给我停下来！那边的门已经被锁上了，你跑不掉了！"巴兹尔再次吼道。

巴兹尔说完，那个男人便停止了逃窜，他双手垂在身体两侧，肩膀下沉，好像自己已经失去了防御盔甲，然后转过身来。他几乎没有了头发，脸上的短胡须就像砂纸一样。"你们逮到我了，"他的腔调里带有很重的鼻音，"我投降了，可以吗？"

他身上的蓝色球衣盖过腹部，腋窝处有一块干了的白色汗渍。卡其裤的膝盖磨破了，一只脚上运动鞋的鞋带也开了，散在鞋尖处。

"站在那里，别动。"巴兹尔说。

"我不动。"那个男人说。

"你为什么往我女朋友身上跳？！"马特质问道。

"我往她身上扑？怎么可能？我突然撞上她，魂都差点吓没了，我是想要逃跑。如果非要说当时发生了什么的话，也应该是她往我身上扑才对。我绝不会对女人动手，我是一个忠坚的和平主义者！我不知道这个女人都跟你们说了些什么。"

"他没有往我身上扑，"特里妮缇说，"他是想跟我交流。"说罢她走到那个陌生男人跟前，举起摄像机对着他的脸，问道："你死多久了？"

"这他妈的不是鬼！"马特几近崩溃地叫嚷着："他只是一个无家可归的流浪汉，你不要离他那么近。"

"你不用给我冠上这种称呼。"陌生男人垂头丧气地对马特说。然后他转向特里妮缇："但你男朋友是对的，姑娘，我不是鬼。"

"他不是我男朋友。而且我也知道你不是鬼，鬼才不会躲在床下面。"

　　然后她走向一个Scopperloit椅子，坐下开始哭泣。

　　"噢，小可怜儿。"露丝·安妮一边说一边跑去安慰特里妮缇。

　　"我没事，真的，真没事。"她带着啜泣声说道。

　　"你是谁？你不能待在这里。"巴兹尔以命令的口吻对陌生男人说。

　　"我叫卡尔。"

　　"你姓什么？"

　　"我不太想告诉你们。"

　　"你带身份证了吗？"

　　"要逮捕我吗？"

　　"我不会逮捕你，"巴兹尔刻意强调了"逮捕"这两个字，然后继续说道，"但我要对这家店的安全负责。你是怎么进来的？"

　　"一如既往啊。"卡尔说，"我在展厅的咖啡馆里待到打烊，九点半左右去卫生间，一直坐在马桶上，每次有人开门我就把脚抬起来，以免别人发现。你们公司的安保措施做得并不好。顺便提一句，你应该跳槽去其他公司。"

　　特里妮缇依旧坐在旁边哭，一发不可收拾，露丝·安妮轻轻抚摸她的背，安慰着她。而马特则一脸尴尬地站到一边。

　　巴兹尔转身问艾米："这就是你看到的那个男人吗？"

　　"我当时离得很远，不过我觉得是他。"艾米回答。

　　"哦！"卡尔兴奋地叫道，仿佛艾米刚刚的话解答了他的疑惑似的。他对艾米说："你就是我早上看到的那个姑娘，我希望那个时候我没有吓到你，我当时以为你一定会叫保安。"

"是你故意毁坏了我们店里的Brooka沙发吗？"巴兹尔问。

"毁坏了什么？"

"Brooka沙发。今天早上我们开门的时候，其中一张Brooka沙发被……被什么东西弄脏了。"

"大便。"艾米补充道。

卡尔听后，脸突然涨得通红。他对巴兹尔说："我们能不能借一步说话？就我们两个。"

巴兹尔做了一个OK的手势示意身后的员工，随后对他们说："你们几个待在这里，我马上回来。"说完他就拽着卡尔的手臂把他拉到了金光大道上。

"事情是这样的，我最近的状态不太好，我完全不知道昨晚发生了什么。"卡尔解释说。

"你嗑药了？"巴兹尔问。

卡尔一脸痛苦，他说："我经常会头痛。我患有癫痫，我说过吗？有时候我会忽然昏厥过去，醒来之后就发现自己浑身上下都很脏，或者头发里出现玻璃。你看我的手。"说罢，他伸出了双手。上面的指甲都是黑色的。他继续说道："昨晚我睡觉的时候指甲都还是干干净净的。"

"你什么都不记得了吗？"巴兹尔问。

"我之前吃药，但现在我弄不到处方了。"

"你像这样偷溜进这里有多长时间了？"

"请不要生气，我只是需要一个睡觉和上厕所的地方，我从来没有偷店里的东西。"

"但是你损坏了我们的东西，像镜子啊、窗帘啊、玻璃器皿啊……"

"不，我发誓我从来没有做过，"卡尔坚称道，"对我来说，这里就是我的家，这也是你们公司的口号，不是吗？你们的口号是'每个人的家'吧？这就是我的家。"

"不，这是做生意的地方。"

"我无处可去了。我试过躲在劳氏家居或宜家家居，但它们的安保措施都比你们好。你们就不能可怜可怜我一下吗？"卡尔说。

说这句话的时候，卡尔的目光掠过巴兹尔，看向站在巴兹尔身后的所有员工们。

"我老婆带走了女儿，"卡尔继续说道，"在我找到收容所之外的落脚点以前，她都不允许我去看望女儿。所以我坐车到这里来填就业申请表。当时我在店里转悠的时候就在想：这个地方比收容所好太多了。所以我就在附近徘徊。你们店里卖的咖啡价格倒是挺贵的。"

"你是经济萧条的受害者之一。" 巴兹尔同情地说。

"可以这么说。"卡尔赞同地回答道。

艾米看到巴兹尔若有所思的样子就知道他又要开始教导人了。他一整晚都在试图建立自己的威信，现在终于要达到目的了。

"恐怕这不是我一个人能决定的事情。"巴兹尔说，"在Orsk，我们是一个团队，也就意味着我们要共同做决定，这叫Orsk意识。"

"是吗？"艾米问。

巴兹尔没有理会，继续说道："我们要么放卡尔走，要么报警，接下来我们投票决定。"

"不要报警，求你们了。"卡尔说。

"我先来，我选择报警。"巴兹尔说。

"我也选报警。他之前差点儿伤害到特里妮缇。"马特也做了决定。

"我没有伤害任何人。"卡尔辩解道，"要不这样，你们把我带到楼下去，拍一张我的照片张贴到你们店里的墙上，照片上注明'商店扒手'，这样我就再也进不来了。然后你们再像撵狗一样把我撵出大门。半夜回克利夫兰州这个惩罚对我来说已经够残忍了，因为收容所早就关门了。但我会马上走，而且绝对不会再回来。求求你们了，我不能被逮捕，不然我妻子在法庭上就又多了一张对付我的王牌。这就是一场对离家的父亲挑起的战争。"

"我选择让他走，这个可怜的人已经饱受生活摧残了。"露丝·安妮说。

卡尔伸出手，对露丝·安妮说："谢谢你，女士。很高兴认识你，谢谢。"

"好吧。"一旁的特里妮缇终于停止了啜泣，她说，"我随便，无所谓，让他走吧。"

此时大家都转身看向艾米。现在投票结果势均力敌，正好两票对两票，平局。和露丝·安妮的想法一样，艾米觉得再逼眼前这个可怜的男人没有任何意义。他被逮住了，之前的一切也都有了合理解释，也许现在巴兹尔会叫停今天的巡逻，然后让他们各自回家。

"我们应该让他走。"艾米说道，"我们报警的理由是什么呢？因为他不想睡在自己的车里吗？我也不想睡在车里。"

"我没有车。"卡尔插话道。

艾米没有理会他，自顾自地继续说道："他只是损坏了一些东西，那些东西甚至都不是我们自己的，Orsk会出钱把损坏的重新换掉。听我说，你已经抓到了这个损坏店里东西的人，我们把店里打扫干净，今晚就到此结束，放他走吧。"

"好吧。"巴兹尔恼怒地回答道。

"我可以走吗？"卡尔问。

"你可以走。"巴兹尔回答道。

"太好了！谢谢你们！"卡尔兴奋地大叫。

他跑向特里妮缇，用手臂环住把她熊抱了起来。这时整个房间的氛围突然变得不一样了。也许是经过一夜紧张折磨后，大家终于解脱了，每个人脸上都挂着愉悦的表情，但只有巴兹尔与这欢快的气氛格格不入。

"现在还有一个问题，艾米已经报警了。"露丝·安妮突然开口说道。

"什么?"巴兹尔问,"为什么? 我特别叮嘱过你们不要报警。"

"我当时慌了。"艾米解释说。

"给他们打电话,让他们不要来。"

露丝·安妮摇摇头说道:"这样不行,电视节目《警察》里面不是经常演吗? 他们一旦接到求助电话就一定会出现。"

"对不起。"艾米道歉。

巴兹尔生气地往艾米站的方向瞥了一眼说道:"我来处理。等会儿我会到楼下去,站在外面等警察来,然后我会完成所有必要的手续工作,告诉他们是我们搞错了。等警察全都走了之后我们就把卡尔赶出去。这样可行吗?"

"都听你的。"卡尔抓住巴兹尔的手说道,"我欠你的太多了,谢谢,谢谢你对我这么好,谢谢你!"

巴兹尔甩开卡尔的手说:"大家都待在这里,我没回来之前不准离开。"

"再次感谢。"卡尔再一次对巴兹尔表达了谢意。

"够了,不要再说了。"说完,巴兹尔朝大门方向走去。

卡尔走到大家面前,依次和每个人握手,不断进行相互介绍,然后他转向艾米:"我对你刚才的投票真是很感激。今晚你为我做了一件好事,你是个好人,我不会忘记的。"

"呃⋯⋯谢谢你说我是好人?"艾米不知道说些什么。

紧接着是一片无言的沉默。当大家都互相强颜欢笑的时候才意识到，厨房展区并不是消磨时间的最佳场所。

"有谁带牌了吗？"露丝·安妮开玩笑地说道，打破了沉默。

"今晚被彻底毁了。"特里妮缇抱怨道。

这时艾米的口袋里传来了手机铃声。她拿出手机接电话："你好？"

"你好，我是布雷克斯维尔警察局的接线员，请问您之前是不是打过911电话求助？"

"是的，但是……"

"您的地址是7414河滨公园快车道，是吗？"

"是的，但是我们不需要……"

"请问要怎么走？"

"这要看你们是从哪条路来了。"艾米说，"你们不认识这里吗？从凯霍加县随便一个出口出来，然后就上了那条辅路。高速公路上没有出口。"

"所以他们必须走辅路是吧？"接线员问，"好的，我会转告他们的。如果我们再遇到什么问题的话，我可以通过电话联系到您吗？"

"当然可以，但是我手机快要没电了，而且你们不用来了，因为……"

还没等艾米说完，接线员就挂断了电话。

"坏消息是警察还是会来，好消息是他们迷路了。"艾米放下电话后对大家说。

"今晚注定是一个漫漫长夜了。"露丝·安妮转向马特，"你们两个找到鬼了吗？"

"不包括卡尔的话就没有。"特里妮缇回答道。

马特重重地坐到一张Scopperloit椅子上。

"今晚真是戏谑感十足，趣味全无。没有爆炸性的圈钱镜头，我们的录像就只是一些毫无亮点的镜头堆砌。"

卡尔注意到马特手中拿着摄像机，问道："等等，你们两个是猎鬼人？就像A&E节目上的那些人？"

"大家可不可以不要老提A&E，除了这个，还有很多其他频道的。"

"他们两个想上Bravo电视台。"露丝·安妮在一旁解释道。

"就是播《贵妇的真实生活》的那个台。"她继续补充道。

"但大家都知道只有房子里才会闹鬼啊。"卡尔说。

"这栋楼里有卧室、卫生间、厨房和餐厅，如果这些是你心中定义房子的要素，那Orsk就是房子，而且我们的口号是'每个人的家'。人们到这里来就是闲逛打发打发时间、吃吃肉丸、让自己的孩子在儿童乐园玩一玩、随便看看商品、喝喝咖啡。你自己也说了啊：这里就是你的家。"

"好吧，你这样说的话，还真有点道理。不过再过几个小时，这里的确会变得有点恐怖，你们可以在这里招魂。"卡尔说。

他自顾自地大笑起来，但发现特里妮缇正盯着他时，他突然止住了笑。特里妮缇一直目不转睛地看着卡尔，让他觉得浑身不自在。他往旁边稍微侧了侧身，但还是能感受到特里妮缇灼热的目光。

"我刚刚说什么了吗？"卡尔终于忍不住问道，"我并没有取笑你，也没有任何其他意思，真的。"

"你是天才，你真是个天才啊！"特里妮缇说。

"是吗？"卡尔回答。

"马特，"艾米转向马特激动地说道，"拿上装备！我们来招魂！"

"观众都喜欢看招魂。"接着马特又说，"而且录像出来的效果也很好。"

"蜡烛可以去家居装饰销售区拿，然后就在那个黑色抛光的Frånjk桌上进行，它看起来比较像棺材盖。"特里妮缇提议说。

"我们得赶在巴兹尔回来之前。"马特说。

"我觉得他一时半会儿回不来。但有一个重要的问题：你们不觉得店里灯光太亮了，不适合招魂吗？"艾米问道。

马特听后低头看了看手表，而就在这时，店里六百八十个补光灯几乎全部熄灭了，整个展厅瞬间一片昏暗。所有的灯影都消失了，四周摆放的家具在昏暗中显得极其陌生，它们与这昏暗相融，体积似乎变得更大了。露丝·安妮害怕得忍不住轻叫了一声。

"这是自动的，每天凌晨两点就会自动关闭。"马特向大家解释说。

"这个时间点太好了。"特里妮缇笑着问其他人："有谁要加入我们的招魂计划？"

FRÄNJK 08

饮宴无关乎餐桌餐椅，让其有意义的是餐桌边的陪伴与交流，是璀璨的回忆，从今夜直到永恒。Frånjk长餐桌就是装裱您美好生活的相框。

产品颜色：深桦色、棕灰橡木色
产品尺寸：宽81.92CM　长235.59CM　高87CM
产品编号：6666434881

在特里妮缇和马特的一番劝说后，露丝·安妮心想着他们的招魂计划从任何方面来说都不邪恶，于是她同意加入。这时艾米突然开口了。

　　"我不想手拉着手。"

　　"相信我，我有办法，我们不用手拉手也能围成圈。"马特说。

　　接下来只需要说服卡尔了。马特说："三个人参与的话，人数不够多，不够让人信服，但是从镜头画面来看，四个人又会显得过于对称。招魂通常都是五个人，要么就不做，要做就得五个人做。"

　　"招魂有点恐怖啊，但我要是拒绝加入的话会很无理吧。"卡尔回答。

于是所有人都加入了招魂计划，时间也一点一滴过去，他们必须得赶在巴兹尔回来之前。于是马特和特里妮缇开始行动了，马特飞快地跑去拿装备袋，特里妮缇疯了似的跑去楼下的销售层。店里唯一亮着的几盏补光灯只能勉强帮助他们找到正确方向。马特很快就回来了，他拖着几个装备袋，拿出摄像机在一旁支起了三脚架。特里妮缇也回来了，手里拿着一盒香草蜡烛，然后把它们都摆放在餐厅展区的四周，看起来就像是电视电影里的浪漫爱情场景一样。

"真不敢相信我居然要招魂。"艾米说。

"你就信了吧。"马特一边说一边把几台摄像机围绕着Frånjk桌子摆成一个圈，然后在桌子正中央放了一个电动式读数器。

"'猛鬼炮弹'的观众们一定会爱死这段招魂视频的。"特里妮缇兴奋地说。

"但招魂其实什么都召唤不出来的，对吧？"露丝·安妮问。

"当然可以。"特里妮缇回答。

"不，召唤不出来。"艾米接着回答。

"不管怎样，我们都会有一段超棒的招魂视频，观众无论如何都会喜欢的。"马特说。

当一切准备就绪后，特里妮缇带着每个人到自己的位置坐下。卡尔坐在桌子的一头，他的左手边是特里妮缇，右手边是露丝·安妮，马特坐在特里妮缇旁边，对面是艾米。

"好了，"马特翻找着装备袋说，"我告诉过你，我们不用手拉手。"他一脸骄傲地拿出那个能解决拉手问题的装备。

"不行，马特，不能用这个，不行。"露丝·安妮看后说道。

"你在开玩笑吗？"艾米问马特。

像魔术师把手中的扑克牌呈扇形摊开一样，马特拿出了五个银手铐，一脸坏笑地看着大家。

"戴上这个可以确保没人能打散我们围成的圈，也不会有人能跑到桌子底下假扮成鬼。"特里妮缇解释道。

"而且在摄像机上的效果也会很棒。"马特说。

卡尔耸耸肩说道："你们的地盘你们做主。说完便拿了一个手铐。他把左手伸进去后铐在手腕上，手铐发出咔哒的声音。

"你太棒了！"特里妮缇对卡尔说。

"我想看看手铐的钥匙。"艾米还在挣扎。

马特拍拍连帽衫上的口袋说："钥匙就在这里面。"

"我想试一下，看能不能打开手铐。"

马特拿出钥匙放到桌上，然后滑到桌对面的艾米面前。艾米把钥匙伸进手铐，钥匙是好的，她确认了自己不会一整晚都戴着手铐被困在Orsk之后，便把钥匙放到了桌子中央。

"钥匙就放在这里。"艾米坚持说，"我不想到时候出现谁都找不到钥匙的闹剧。"

"好的。"特里妮缇答应了。

"巴兹尔一定会杀了我们的。"艾米一边说一边把手铐铐在左手手腕上。然后把手铐的另一头递给露丝·安妮。

"上次我戴手铐是1988年的事了。是那年春季在南卡罗来纳州的默特尔海滩旅游的时候。"露丝·安妮说。

"快讲讲！快讲讲！"特里妮缇充满好奇地说。

"我们一群人和摩托黑帮团伙'地狱天使'打起来了，我们输了，但我们和他们全都被抓进了拘留所，直到第二天晚上才被放出来。然后那些黑帮的人买了一箱啤酒，我们在海滩上一直狂欢到天亮。"

"你真是个厉害的女人啊。"卡尔赞叹道。

"刚刚这段被录下来了吗？"特里妮缇问马特。

露丝·安妮的脸一下子红了，她再次拿出唇膏往嘴唇上抹，然后把手铐铐在了自己的右手手腕上，和艾米扣在一起。"找到了当年的感觉。"她说。

马特和特里妮缇站起来最后一次检查摄像机和其他设备，特里妮缇用芝宝打火机把周围的蜡烛点上，并确认好摄像机的取景器运转正常后就回到自己的座位铐上手铐，而马特动作飞快地按下每台摄像机的录像键后也回到特里妮缇旁边的座位上坐了下来。

"最后一步。"马特说着便拿起艾米右手手腕上的手铐铐在自己的左手手腕上。因为是面对面坐着，所以他们两个不得不把手抬到桌面上。接着马特把另一只手也伸进手铐里，用长满胡子的下巴顶着扣上了手铐。"大功告成！"他兴奋地叫着。

　　他们成功围成了一个圈。这时特里妮缇抬起手腕，摇晃着手铐发出咔哒咔哒的声音。

　　"我们都被铐上了，大家感觉舒服吗？"她问道。

　　"我要上厕所。"艾米说。

　　"闭嘴。"马特说。

　　"你们确定这样做不会因为太邪恶而受到上帝的惩罚吗？"露丝·安妮问。

　　"这次招魂跟宗教没有关系。"特里妮缇说。

　　"只是为了模拟，就像灵应盘一样。"马特对露丝·安妮说。

　　"现在，"特里妮缇对大家说，"我们大家就静静地坐在这里，然后我会邀请幽灵出来跟我们交流，应该是这样吧？我不知道对不对，我以前从来没有招过魂。总之我们现在保持安静就可以了。"

　　于是大家都静静地坐着，没有一个人说话。只有手铐与桌面偶尔摩擦的刮蹭声和手铐链因某个人调整姿势而发出的丁当声。艾米想挠挠自己的右手，但因为铐着手铐，她的左手没办法触碰到右手，除非她把和自己左手铐在一起的露丝·安妮从椅子上拉起来。渐渐地大家都不动了，没有了手铐发出的声音，整个空间里一片沉寂。大家都呆呆地静坐着。

　　这时，不知道谁的肚子发出咕咕叫的声音，艾米努力控制着笑意。但当她抬起头看到特里妮缇在偷笑时，她也忍不住笑出声来。

"不好意思。"卡尔说，"那个声音是我发出来的。"

"给他一个肉丸吃。"艾米说。特里妮缇听后笑得更大声了。

"嘘……我们摄像机的存储空间没有那么多，不要浪费时间了。"马特说。

大家安静了下来，但大约十五秒后，一声不同寻常的呻吟划破沉默，响彻整个餐厅展区。

"噢……噢……噢……"

艾米转身看向露丝·安妮，她双眼紧闭。

"我想……想和你们……和你们经理谈话。"露丝·安妮呻吟着说。

大家都不禁笑出了声，只有特里妮缇一脸严肃。

"不要闹了，巴兹尔很快就要回来了，大家认真一点。"她说。

"好好好。"露丝·安妮说，"不好意思，我会安安静静的。"

大家又玩笑了一阵后，终于都安静下来。特里妮缇闭上眼睛，露丝·安妮和卡尔看到后也跟着闭上双眼。但艾米却睁眼环顾着四周。烛光在昏暗中摇曳，墙上挂着的Orsk海报在烛光中若隐若现。一张上面写着"我们永远的家"，而另一张上写着"每个人永远的家"。一不小心，艾米和马特的目光撞上了，她尴尬地望向了别处，她感觉这就像是在感恩节晚宴上说感恩词的时候被人发现她睁着眼睛一样尴尬。

蜡烛逐渐飘散出来的味道开始让艾米觉得头痛，他们被笼罩在这偌大的空间中，沉默像海底压强一样在空气中积压。

"幽灵？"特里妮缇突然开口。

艾米被这突如其来的说话声吓了一跳。

"幽灵，你们在吗？你们可以听到我说话吗？"特里妮缇又问了一遍。

露丝·安妮伸出手，轻轻拍了拍艾米的手腕。

"幽灵，你们会在今晚现身吗？如果你们听到我说话，就请现身吧！"特里妮缇继续问道。

她一番话说完后，周围并没有什么响动，甚至没有一丁点声音。艾米这才意识到自己很仔细听着周围的声音，好像在期待什么结果出现。大家都仔细听着。此时空气中充斥着蜡烛散发出的令人作呕的香草精味，氧气越来越稀薄。

"幽灵，"特里妮缇依旧不肯放弃，"我们没有恶意，我们只希望能跟你们交流，了解你们想要什么。我们知道你们在很久以前曾遭到不公平的待遇，被囚禁在这里。希望你们能告诉我们关于你们的故事。那时你们没有说话的自由，但现在你们有这样的自由了。幽灵，来吧，说吧，告诉我们你们的故事吧，开口吧。"

自艾米认识特里妮缇以来，从没听过她用如此真诚的口气说话。看来特里妮缇是真的真的非常相信幽灵这种事。之后艾米突然意识到这次招魂可能真会出现现实性的危险。谁知道他们接下来会遇到什么事呢？但一切都太晚了。招魂已经开始了，而且还会继续进行下去。

除了注意听周围的风吹草动之外，大家没有其他事情可做。艾米听见摄像机变焦镜头放大缩小时发出的呼呼声和虹彩光圈自动调节的声音；听见桌子四周的人身体轻轻移动发出的细微声音和刮蹭桌子的声音；听见手铐时不时发出的咔嗒声；听见混成自动电压控制系统发出的低沉声响；感受着四周无边的空洞；又转而听见墙上水管发出的汩汩声。此刻仿佛整栋楼都在向他们靠拢，她听见周围嘎吱嘎吱的晃动声。接着她的注意力转移到大楼外，她想象自己能听见巴兹尔在停车场焦急等待警察到来的时候，来回绕圈时脚上的运动鞋踩在停车场地面上发出的扎扎声。

之后她又听见了另外一种响声，这个声音就在她附近，很微弱，声音发出时还伴有些许迎面而来的湿气。是人的呼吸声。声音是从艾米对面传来的。她努力集中注意力，但过了好一会她才清醒了意识，睁开眼睛。

是特里妮缇的呼吸声。她双眼紧闭，在这柔和的烛光下，艾米能依稀看见她的眼珠在眼皮底下来回转动。她的嘴巴微张，戴着手铐的双手紧握拳头放在桌上，鼻涕流个不停。这时一滴鼻涕流到了她的上嘴唇，她猛呼一口气，把那滴鼻涕吸进了她张着的嘴巴里。此时艾米的脑海中浮现出一连串讥讽特里妮缇的话，但看见大家都如此安静，她忍住了，依旧沉默着，什么都没有说。

特里妮缇还在继续流着鼻涕，越来越多，一连串的鼻涕流到了她的上嘴唇，然后不断流入她嘴巴里。这个画面太恶心了。艾米转眼瞥了瞥马特，他并没有睁眼。四周的人都紧闭着双眼。艾米在凳子上移了移身子，难道不应该有人告诉特里妮缇吗？或者是把她叫醒？特里妮缇自己也不可能希望这样的画面出现在她的"猛鬼炮弹"视频上。

终于，特里妮缇合上了嘴，鼻涕从她嘴里溢出来，滴落到桌面上。一串银白色的口水也从她的下嘴唇往下流，口水成线状慢慢向下，悬空前后轻晃，垂悬至桌面，然后继续往下滴，最后都滴落在她的T恤上。

艾米再也受不了了。"嘿。"她小声叫道。

当鼻涕不小心进入她的喉咙时，特里妮缇睁开了眼睛，试图把嘴里的鼻涕吞下去。她喉咙紧缩，黏糊糊的鼻涕卡在了她的喉咙里。她不断尝试着往下咽，但还是有一些死死地黏在喉咙里。她想要用手捏捏喉咙，但由于铐着手铐，她的双手根本没办法挪动那么长的距离。

"马特！"艾米大声叫道。

"没事的。"马特转身对身旁的特里妮缇说，"我在你身边呢。"

露丝·安妮听到动静后也睁开了眼睛："发生什么事了？"

"她被呛到了，快解开手铐。"

"没事，"马特继续说着，"吐出来就好了，亲爱的，吐出来吧。"

特里妮缇再次作呕，接着艾米看到了不可思议的画面：特里妮缇的样子看上去就像是她在水面下呕吐，粘稠的白色液体不断从她的嘴巴里流出，一团雾气悬浮在半空中，白色的卷须慢慢延展开来。

"把她的手铐解开。"艾米再一次喊道。但马特或许没听见她说话，也或许是被眼前的一切惊呆了，还没有反应过来。总之他没有采取任何行动。

特里妮缇嘴里的液体越来越多，白色泡沫也越来越粘稠。那液体上倒映出烛光闪烁的光影，在烛光的照射下，液体似乎有了生气。当特里妮缇一大口一大口地回吞了许多白色液体后，所有液体开始成卷须状回流到她脸上，缠绕住她的头发和耳朵，黏在她的颧骨上，特里妮缇的脸被笼罩在这团白色的液体下。渐渐地，那团白色液体绕上艾米的头，吞没了她肩膀以上的整个部分，液体团的边上还会泛起波痕，仿佛是在代替特里妮缇呼吸。

特里妮缇的胸口不断上下起伏，她的膈肌和肚子开始抽搐，吐出了更多液体。液体团越来越粘稠并开始膨胀。房间里再次散发出Brooka沙发和卫生间里的恶臭，那种从马桶内散发出的变质奶酪一般的恶臭。

卡尔是唯一一个毫不关注眼前这一奇怪现象的人。他依然紧闭着双眼，呼吸声很沉重。他的脸通红，脖子紧绷，汗渍弄脏了他的衣领。

一大股白色液体在桌子上蠕动，往卡尔的方向流去，嗅了嗅他身边的气味。当那股液体在他脸上翻滚并袭向他的鼻孔时，卡尔睁开了眼睛。艾米想要缓和一下气氛，但她根本张不开口，身体也不能动。她全身麻痹地坐在那里看着眼前这一切。白色液体从特里妮缇的嘴里流出，穿过桌面，在桌面上空形成波痕，像是飘荡在水下的一块布。最后进入卡尔的鼻子。

"啊……什……什么……"他的声音很含糊。

卡尔的说话声使那股液体轻轻颤动。终于，它从特里妮缇的嘴巴里完全钻了出来，紧接着像一条鳗鱼似的快速消失在卡尔的鼻子上方。突如其来，又飞速而去。之后大家的身体慢慢恢复了知觉。

"好了。"艾米试着开口，发现自己可以说话了，她感到无比解脱，"好了好了。"

"他是不是……"露丝·安妮小声说道。

"好痛啊！"卡尔大声叫嚷道，"忘记了……好痛！"

他的声音变了，听上去更低沉，跟之前他说话的声音完全不一样。他双手抽搐，紧紧攒着拳头，就像在生死边缘挣扎的螃蟹，不停抽动。许久的沉默后，他终于开口说话，但这次他突然沉静下来。"原谅我。"他小声说道，"为什么每次总会这么痛。"

特里妮缇的头死气沉沉地坠在后面，好像她的脖子被拧断了似的。她紧闭着双眼，还没有缓过神来。她用嘶哑的声音问："幽灵朋友，你是谁？"

卡尔低头看着自己的手腕，他所有的不安、脆弱、善良在此刻都消失了。"你控制了我？太自欺欺人了。你的精神世界比我一开始了解的更病态。"

"你是谁？"特里妮缇又问了一遍。

"我是你们的看管者、治愈者，是你们的北极星；你们健康与善良的施与者。你们应该学着喜欢我，就像我'蜂巢'里面所有的忏悔者一样。"

艾米吓得后背发凉，冷汗直冒。她想起了卫生间里面的那些涂鸦。

卡尔森·摩尔/蜂巢

3年
4年
5年
6年
7年

永远

"之所以被称为'蜂巢'是因为在那里总是能听见工厂的声音，就像蜜蜂的嗡嗡声一样。"此时卡尔渗满汗滴的脸异常严肃，"罪犯们自从不做我给忏悔者规定的那些体力活儿后就变胖了。但我真的很在乎他们的健康，是我制定了那些洗涤他们灵魂的工作。"

一起的那只手，起身去拿桌子中央的手铐钥匙。但令人难以置信的是：原本放在桌子中央的钥匙竟然不见了。

"可悲的痴情小伙。"卡尔说，"心中充满了伤感，追逐着自己永远不可能得到的东西，我可怜的孩子，恐怕治愈过程对你来说会很艰难。"

"你他妈到底在说什么？"马特咆哮着。

"我会改变你这易怒的脾气。"卡尔说，"它会腐蚀你那些愚蠢的爱情遐想。一千零一，一千零二，一千零三，一千零四……"卡尔开始计数。

"钥匙呢？"马特对着周围的人问道，"钥匙在谁手上？"

"每天改变一万人。"卡尔不理会马特的咆哮，继续说道，"今天一万个，明天一万个，后天一万个。除非你们被完全治愈，否则永远别想出去，因为'蜂巢'就是一个有来无回的地方。"

他的视线从马特身上移开并开始审视剩下的所有人："你们认为自己是无意间出现在这里的吗？我观察你们很久了，你们之所以会在这里是因为被我挑中了，因为你们几个最需要我的治疗了。所以我设法推动命运的手，把你们引到这里。一定是天助我也，你们此刻才会齐聚在这里。"

艾米本想回答"无所谓"，或是说一些无礼、轻蔑的话；一些能挫挫他锐气的话，告诉他在她面前不能以这样的方式说话。但她竟毫无底气，甚至觉得一切语言都显得那么单薄无力。

"还有这个从来没有结过婚的老女人。"卡尔看着露丝·安妮说，"到现在还依然害怕记忆中的恐怖小爬虫，依然和小孩子一样幼稚，恐怕她的治疗会很痛苦，但过程越是痛苦，治疗就越是有效。"

露丝·安妮向后缩了缩身子。接着卡尔转向特里妮缇。

"至于你，必须改变你向来喜欢诱惑别人的行事方式。有一种专门针对你这种堕落女人的治疗，就是把身体挤压在车轮上。"

之后卡尔又转向艾米。艾米低头望着膝盖，她不敢正视卡尔的眼睛，也不想被卡尔盯着。她不停扭动着身体，就像针尖上的小虫，而卡尔正上下打量着她，他的目光仿若能扒光她的衣服，刺穿她的皮肤，把她开膛破肚后摆放在面前的桌子上。

"还有你，"卡尔微笑着对着艾米说道，"你是我心中最青睐的治疗人选，我会让你见识一下镇定椅的神奇，它会带领你释放真实的自我。你们看到了吧，这并不是监狱，而是工厂，让人心智健全的工厂。开始干活儿很容易。塞尔维亚人教会了我教堂要建立在圣徒被杀害的地方，一座桥梁想要足够坚固就必须有一个孩子死在它的桥墩下。所有伟大的事都必须伴有牺牲。"

说着卡尔便站了起来，露丝·安妮条件反射地也跟着跳了起来，她以为自己跟卡尔铐在一起的手会被卡尔的这一举动拖离桌面，但事实上并没有，卡尔双手手铐的另一边都是空的，手铐挂在他的手腕上摇晃着。不知不觉中，他已经把自己与露丝·安妮和特里妮缇铐在一起的手铐解开了，而大家却浑然不觉，没有一个人注意到。

"把钥匙给我。"马特强装勇敢地对卡尔说。

卡尔转身盯着他，眼神里充满了熊熊怒火。

"你们就如同禽兽一般，我会用鞭子抽打你们，督促你们工作，因为工作是可以拯救你们龌龊思想的精神良方。"他对每一个人发出了警告，他的声音如电闪雷鸣一般响彻整个展厅，令人颤抖。那是来自训诫者的声音，来自遥远过去的声音，来自神秘教堂的声音，来自那个过去的还没有麦克风的时代的声音；亦是来自一个可怕时代的声音，在那个时代，打压女巫、鞭挞罪人，口念咒语，将女人绑在木桩上活活烧死，将男人用石头活活碾死。"现在是时候为你们即将开始的伟大工作做出点儿牺牲了。让我们利用手头的资源来开启工厂大门，进入我的工厂吧。"卡尔用苍白的舌头舔了舔毫无血色的嘴唇，"进来吧，让辛勤的工作治愈你们心灵的创伤与脆弱。"

说完，卡尔取下他左手上的空手铐，拿在手中，就像拿着一把镰刀，他用手铐的开口处死死卡住自己喉咙口。一开始大家都以为他是想在喉咙上刮一个小割痕，但紧接着他把手铐开口处的尖端拼命在脖子上刺，手铐环里面的锯齿刺破了他的喉管。露丝·安妮失声惊叫起来，艾米呆呆地看着眼前发生的这一切。卡尔还在死命刺自己的喉咙，手铐扣环刺得更深了，最后，他在喉咙管后部扣上了手铐，他猛地一拉手铐链，伴随着可怕的碎裂声，黑色的血液从他的喉管喷涌而出，顺着他的身体往下倾泻。

马特拖着瘫软的特里妮缇向后退了几步，不小心踢倒了他坐的椅子。特里妮缇身子一软，扑通一声摔在地板上，马特也被她拉着一起摔了下来。他们摔下时撞到了桌子，桌子被推向对面的艾米，桌角刚好撞到艾米的肚子上，艾米轻声惊叫了一下。桌上的香薰蜡烛开始摇晃，此时地上已经流了一大滩白蜡。露丝·安妮从她的位置上跳开想要往前跑，但她和艾米的手还仍然套在一起，她被手铐猛拽回来，绊倒了身边的一个三脚架。

卡尔在原地前后摇晃，黑血不断从他的伤口流下来，接着他陷在自己的椅子里，嘴巴大张，眼神空洞，面色铁青。

"他死了吗？他是不是自杀了？我们刚才是不是眼睁睁看着这个人自杀了？"马特紧张地问道。

"不要再拉了。"露丝·安妮对艾米说。接着她爬上桌，踢开了所有的蜡烛。

"什么？"艾米疑惑地问。

"你站着不要动。"

露丝·安妮俯身到卡尔的身体前，把手伸进他的球衣。她从卡尔的口袋里掏出手铐钥匙并解开了自己右手上的手铐。然后她脱下上衣，跳下桌子，一手支撑着卡尔的头，把上衣压在他脖子上的伤口处，上衣一压上去就立马被黑色的血浸湿了。

"快帮帮我啊！"她把钥匙扔给艾米对她大声说道："把他的腿抬起来。"

艾米摸索着把钥匙塞进锁扣解开了手铐。露丝·安妮伸出一只手将桌面上的蜡烛和电动式读数器全都扫到了地上。然后她和艾米合力把卡尔的身体抬到Frånjk桌面上。露丝·安妮一边用上衣压着他的脖子，不断加压，一边抬起卡尔的手腕检查他的脉搏。

"妈的！"她放下卡尔的手。艾米以前从没有听过露丝·安妮骂粗话，她知道这句话意味着卡尔已经没救了，他死了。

"我们不该招魂，我一早就知道这不是什么好主意。"艾米说。

露丝·安妮把她的上衣从卡尔的脖子上拿起来，然后盖住了他的脸。艾米给马特和特里妮缇也解开了手铐。马特把全身瘫软的特里妮缇从地上扶起来。

"发生什么事了？"特里妮缇用嘶哑的声音问："我不明白怎么回事，卡尔受伤了吗？"

"这是怎么回事！" 巴兹尔突然出现在房间里，看着眼前的一切，激动地问道。

他站在金光大道的中央，被眼前的一片狼藉惊得合不上嘴。香薰蜡烛流出的白蜡洒满了半个墙壁，摄像机和手铐乱七八糟地散落在地上，露丝·安妮上身只穿着内衣，房间里到处都是血，卡尔的尸体平躺在Frånjk餐桌上。眼前的一切仿似一场最可怕的噩梦。

"你们回答我啊！谁把卡尔弄成这样的？"巴兹尔继续追问事情经过。

"是他自己。"马特回答，"他发疯了，是他自己企图自杀。"

"不是卡尔干的。"艾米接话道，"是其他人，他自称是我们的看守，而这个地方是他的工厂。"

特里妮缇转身惊讶地看着艾米。

"招魂成功了吗？"她问。

"你们到底在说些什么？"巴兹尔仍是一脸疑惑。

"你现在去报警，打电话让他们回来。"艾米对巴兹尔说。

"他们根本就没有来。"巴兹尔一脸郁闷地说，"我上来就是想看看他们有没有打电话给你。"

"我努力想要救活他，我真的努力想要救活他。"露丝·安妮说。

"去收拾一下自己吧。"巴兹尔对露丝·安妮说，"休息室里面有T恤。顺便让特里妮缇跟你一起去，我不想让你们任何一个人单独行动。警察来了之后我会过来找你们。"

"我们找到鬼了。"特里妮缇兴奋地说。

"不要再说了，赶快去休息室。我真不敢相信这一切，Frånjk餐桌上躺着一具尸体，而总部的人，"巴兹尔低头看了看手表，"在五个小时后就要到这里了！我们必须在五个小时之内把这里清理干净，解决这件事。这简直就是噩梦。"

露丝·安妮和特里妮缇出发走上了金光大道。

艾米试图向巴兹尔解释眼前发生的一切："这并不是任何一个人的错，我们当时在招魂，然后……"

"招魂？我的天哪！"巴兹尔被艾米的话震惊了。

"是真的。"马特说，"卡尔被附身了还是怎么的。"

"不要再说了，你们两个都给我闭嘴。"巴兹尔命令道。

巴兹尔推开他们，径直走到Frånjk餐桌前。露丝·安妮的上衣依旧还盖在卡尔的脸上。巴兹尔想要把它掀起来，但血迹已经干了，巴兹尔只好把它扯开，上衣发出撕裂的声音。

在此之前艾米总共见过两次尸体，一次是她的叔叔在睡梦中安详地死去，另一次是她的一个邻居吸毒过量后死在拖车停车场。但卡尔的死相比他们两个都更可怕。他的双眼像煮熟的鸡蛋一样向外凸起，嘴巴因为痛苦而大张着，艾米甚至都不敢看他的喉咙。艾米感受到了巴兹尔的绝望。

"我们应该……"

"现在不要说话。"还没等艾米说完，巴兹尔就打断了她，声音里满是疲惫。"给我一分钟就好了，让我静一静。"

此时躺在餐桌上的卡尔突然伸手拽住艾米的手腕。艾米吓得叫出了声。他定眼看着艾米，嘴巴扭曲地咧出一个可怕的，冷冷的恶笑。当他开口说话的时候，声音仿佛是从喉咙的伤口处传出来的。

"工厂的门开了。"卡尔说。

MESONXIC

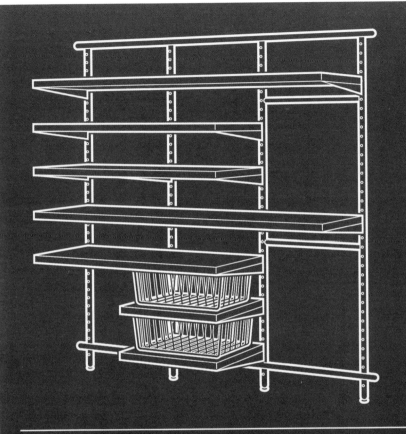

您需要的是一个简单整齐，无需打理的衣橱。我们的Mesonxic衣橱就是使您生活有序的良友。Mesonxic照顾好您的衣服，您照顾好自己。

产品颜色：雪白色、浅榉木色、深橡木色
产品尺寸：根据您衣帽间具体结构及大小专门定做
如需了解更多详细信息，请直接进店咨询！

艾米只听见咔哒一声后眼前突然一片漆黑。展厅里的聚光灯、安全出口标志、电源指示灯，所有能发光的东西在一瞬间都灭了。由于展厅里一扇窗户都没有，顶上也没有天窗，笼罩在房间里的黑色比夜色更深，伸手不见五指。艾米感觉自己就像瞎了一样，被包围在一片黑暗中，什么都看不见。她跟跄地向后退，这时她才恍然意识到卡尔的手已经从她的手腕上松开了。

　　"竟然连安全信号灯都灭了。"房间里响起一个空旷的声音。

　　艾米听出这是巴兹尔的声音，根据说话声来判断，他就在她左边的某个地方。

　　巴兹尔继续说："这不可能，没人能关掉安全信号灯。"

　　展厅空间很大，但艾米感觉墙壁和天花板正逐渐向他们追近。手腕上的脉搏和颈脉都猛烈地跳动着，像极了头痛时的感觉。让她害怕的并不是这无尽的黑暗，而是此刻的万籁俱寂。

一般情况下，艾米都能听到Orsk的空调系统在管道里发出的无休止的噪音，但此时此刻却是死一般的沉寂。黑暗吞没了周围的一切声响。展厅里的暖空气弥漫四周，伴随着时不时飘来的腐臭味。

"用你们的手机照明。"马特说。

说完，马特拿出苹果手机，把屏幕亮度调到最大，手机屏幕发出的蓝光划破了黑暗。艾米也拿出她的翻盖式手机，打开手机屏幕后才发现电量只剩最后一格了。艾米举起手机照向马特所在的方向，借着光她看见他正蹲在一个装备包前，伸手努力翻找着什么。"一定就在这里面。"马特自言自语地说着。

"安全信号灯从来不会熄灭。"巴兹尔依然不肯相信这一切。"哪怕是发生地震，它也不会熄灭。"

这可比地震严重多了。艾米心想：这是Orsk的工程师从来没有预料到会发生的事。

"找到了。"马特打开手中的镁光手电筒，在整个餐厅展区来回照射。就在这时，他们突然发现房间里只剩他们几个人，卡尔的尸体不见了。Frànjk桌子上除了斑斑血迹和烧化的白蜡之外，空空如也。

"什么情况？"马特问。

"噢，谢天谢地。"巴兹尔舒了一口气，"看来他只是受伤了。"

"他不可能只是受伤了，你没有看到当时现场的情况。"艾米反驳道。

巴兹尔从马特手上一把夺过镁光手电筒，照射地板。手电筒的光跳过展区里摆放的家具和展台，一点点驱散黑暗。"卡尔，你能听见我说话吗？"他四处叫喊着。

艾米转身对马特说："这太不可思议了。你我都知道刚才发生的事，我们必须得离开这里。"

哪怕再多一丝勇气，她都会自己走出前面那扇门，但这无边的黑暗令她胆怯。她可怜的手机电量太低，屏幕光线根本不能照明。艾米之前从没有对黑暗、幽灵或者连环杀手产生过恐惧，但此时此刻她感觉到了自己的渺小与脆弱，她甚至觉得周围有什么东西正对她虎视眈眈。她脑海中忽然浮现出露丝·安妮告诉她的恐怖小爬虫的故事：它们隐藏在黑暗中，渐渐逼近。

"艾米说得对，我们得离开这里。"此时马特开口了。

"留下一个受伤流血的男人独自在展厅里，然后弄得到处都是血迹？我做不到，马特。"

"他割开了自己的喉咙，他自杀了。"

"如果他真的死了，那他的尸体应该会好好地躺在桌面上。"巴兹尔说着便走出餐厅展区，举起手电筒往卧室展区的方向照去。一边寻找一边叫着卡尔的名字："卡尔？"

艾米再次转向马特："求你了，快走吧，我们一起行动比较安全。"

"得带上特里妮缇，我不能把她一个人留在这里。"马特回答说。

"好吧，我们往休息室方向走，找到特里妮缇和露丝·安妮，然后我们大家一起离开这里。"艾米妥协着说。

"卡尔？"巴兹尔语气轻松地呼叫着卡尔的名字："你还好吗？"

艾米顺着巴兹尔手电筒的光线穿过了金光大道，来到Sylbian卧室展区。展区以紫色为主色调，加上白色进行装点的搭配，让整个房间看起来像是上了年纪的女主人用来接待宾客的客房。艾米一直想象房间里应该弥漫着一股薰衣草的香味。身后左边角落是一扇门，通往摆放着Mesonxic衣橱的短走廊，而卡尔此刻就站在那里，盯着他们。

"你真的吓了我们一跳。"巴兹尔看到卡尔后说道。

艾米清楚地看见卡尔脖子中间的伤口，他身上的血在手电筒的照射下变成了黑色。他的眼睛向外凸出，其中一只眼睛陷进眼窝的骨头里，只能看见白眼球，而另一只眼睛正抬眼盯着左边。脸上依旧是那副可怕的笑容，他就这么静静地站在那里。

巴兹尔对着艾米和马特招手，示意他们过来。

"啊，糟了。"艾米说。

"我们得马上离开这里。"马特对艾米和巴兹尔说。

卡尔从侧面钻进步入式衣柜后就消失在他们的视线中。巴兹尔拿着手电筒向前走去。马特一把拽住他的手臂说："艾米说得对。这太不正常了，我们把这里交给那些专家处理吧。"

"我就是专家。"巴兹尔回答道，"这就是作为专家的意义。你不能在灾难发生后一走了之，把残局留给其他人收拾。"

说完，巴兹尔就顺着卡尔的方向走去，艾米和马特也跟在他身后。他们不能就这样待在黑暗里，但手电筒在巴兹尔那儿，所以他们不得不跟着他走。他们走进Sylbian卧室展区，脚下的枫木地板发出嘎吱嘎吱的响声。他们往展区后面走去，越往后走，空气似乎越稀薄，接着他们走过一个拐角来到衣柜前。

这个短走廊上专门摆放Mesonxic的衣橱，其中有搁板、小隔间、抽屉和最不占空间的挂衣杆。Mesonxic里三个挂衣杆上挂着的晚礼服随冷风轻轻晃动。在这条紫色短走廊的尽头是另外一扇用于装饰的假门，和之前艾米给露丝·安妮看的那扇一样，只是一扇逼真的嵌进墙壁里的假门，价格便宜，又能愚弄人的眼睛。

但此刻这扇门却半掩着。

"我快要吐了。"艾米说。

"不要吐在这里。"巴兹尔回答道。

"门没有开，那扇门没有开，它不可能打得开。"艾米反复说着。

巴兹尔拉了拉门把手，门打开了，门后是一条漆黑的长走道。在巴兹尔伸手打开那扇门之前，艾米始终深信眼前这一切都是幻象，只是什么奇怪的黑影，或者和马特一直提到的电磁场现象有关。但此时此刻它却实实在在地发生了。这条走道不可能在这里。门背后不可能有一条走道。

如果这扇门能打开，那店里其他的假门呢？那些假窗户也能打开吗？如果她把店里所有的假窗户都打开，会看到什么呢？

一股伴有腐臭味的风从门外扑过来，吹乱了艾米的头发，挂衣杆上的衣服也随风前后剧烈地晃动着。此刻艾米感觉自己就像站在一台装满腐烂食物的冰箱前面。又是这股Brooka沙发和卫生间散发出来的味道，他们在招魂时也闻到了这股味道。

"这一切都是幻觉。"艾米极力说服自己，"你试图走进那扇门就会撞到自己的鼻子。"

手电筒微弱的光只能照到走道的前几米。走道两边的白色墙壁上满是黄色水渍，走道是肮脏破烂的水泥路，前方二十英尺左右有一个向右的急转弯道。

"你们听见了吗？巴兹尔对着艾米和马特问道。

他们三个都竖起耳朵听着。

"我什么都没有听见。"马特说。

"是卡尔的声音，他就在这里。"巴兹尔说。

巴兹尔走进短走廊旁边的衣柜，踏进那扇门，他的身影瞬间消失在一片漆黑之中。马特准备跟上去，却被艾米一把拽住了手臂。

"不要去。"艾米恳求着。

"手电筒在他手上，我们在黑暗中找不到出去的路。"

"但这不是出去的路，这只会把我们引向深渊。我们不应该这么做。"

"我们得团结在一起。"马特说。

说完，他挣脱开艾米的手，跟着巴兹尔进了衣柜，踏上那条不可能存在的走道。

艾米背着手电筒的光，看见巴兹尔和马特踏上走道后就急忙跟了上去。当走到Mesonxic衣柜尽头的时候，她迟疑了一下，但最终还是进入了那扇门。

进门的一刹那，艾米感觉走道两边的墙壁像是巨大的手掌遮住了她的脑袋，她与门外的Orsk隔离了。巴兹尔和马特就在她前面几步之遥的地方。他们越往前走，走道尽头的墙壁上就越是亮光闪烁。拐角处墙壁上的倒影也在上下跳动着。

艾米沿着这条肮脏的走道往前走，小心翼翼地跟在马特和巴兹尔身后。在白光手电筒的照射下，两边的墙壁看上去让人很不舒服，霉迹斑斑的墙上满是污渍。"我们得离开这里。"艾米对着马特和巴兹尔的背影叫道。她的声音里充满了恐慌。她不想让自己感到害怕，但这是自然生理反应，根本没办法抵抗。"我说真的，店里没有这条路，这里不应该有走道，它根本就不应该存在，我们不应该待在这里。"艾米继续尝试着说服他们。

突然什么东西在艾米的腿上颤动了一下，她吓得原地跳了起来。

"呀！"艾米发出一声惊叫。

听到叫声的马特和巴兹尔立马转过身来。

"是我手机在震。"她双手伸进口袋拿出手机，举在空中给他们看。"你好？"她接通了电话。

"您好，我是布雷克斯维尔警察局的接线员，我们派出的警务人员还是找不到您说的支路。您确定是在七十七号大街上吗？"

"我每天都开车到这里来，不会错的。你们就没有GPS或者其他什么导航仪器吗？"

"电脑上显示您提供的是无效地址。"

"这是什么意思？"

"意思就是根据我们的系统显示，您提供的地址……"

电话那头接线员的声音突然断掉，手机也黑屏了。艾米不断按压着手机上的开机键，但并没有任何反应，手机变成了一块无用的板砖。

"他们说什么？"巴兹尔问。

"我不确定他们会不会来，也许我们只能靠自己了。"艾米回答。

"我知道你们两个很害怕，但我们必须找到卡尔，他……"

还没等巴兹尔说完，艾米就打断了他："他已经不是卡尔了。你当时没有在现场，你没有看见我们看见的场景。特里妮缇把店里所有的幽灵都招出来了，她邀请这些幽灵加入我们。之后卡尔就被什么东西附身了，他说自己是一个看守，是灵魂的治愈者，他还说我们都是忏悔者。"

"是约西亚·沃思！"马特反应过来后转身对着艾米说道，"就是我之前跟你讲的那个人——凯霍加县圆形监狱的狱长，就是十九世纪的那个监狱。"

"天哪，不要再胡扯什么关于'猛鬼炮弹'的鬼话了。"巴兹尔不耐烦地说，"卡尔只是一个精神极度苦闷的流浪汉。按照《Orsk领导文化指导手册》上的内容规定，我们应该找到他，安抚他，然后打电话给医院。这是我们店的办事原则。"他举起手电筒照向漆黑的走道说："他现在可能正往卧室展区去呢。"

"这条路根本就不通往展区，它通往的是'蜂巢'，通往一座十九世纪的监狱。不要再表现得好像这一切都很正常似的，你们心里都清楚，这条走道根本就不存在。"艾米说。

"当然存在了，我们现在不就正站在上面吗？"巴兹尔回答道。

"这可能只是我们的幻觉，或者是我们的大脑受到了电磁场或其他什么的影响。"马特说。

"你真的这么认为吗？"巴兹尔问。

马特突然握紧拳头用力捶打身边的墙壁，墙灰从墙壁上掉落下来。而他也痛得缩回拳头，使劲儿甩手。

"不，我现在不这么认为了。"马特回答。

"求你了。巴兹尔，我们真的不能往前走了。你是我们的经理，我很敬重你，我也知道你曾经接受过这方面的训练，但是我心里很害怕，我是你的员工，我快怕死了，我现在正在企求你的帮助，我们可以不往前走了吗？我们能不能去找特里妮缇和露丝·安妮，然后大家一起离开这里？"艾米央求着说。

巴兹尔陷入了两难的境地。艾米在之前参加店铺负责人考试的时候就知道商店经理不仅要对顾客负责，对员工也负有同样的责任。

但如果经理必须在两者之中做出选择的时候该怎么办呢？这时候他会优先选择谁？这些问题都是考试题目中没有涉及的，巴兹尔陷入了挣扎。

"这样吧，"巴兹尔似乎作出了决定，"我一个人去那个拐角看看情况。如果前面是卧室展区，那我们就继续往前走。如果不是，我保证不再继续往前了，我们都原路返回去。"

"这个办法不错。你上前快速瞥一眼，我们两个就在这里等你。"马特说。

"那你快一点。"艾米对巴兹尔说。

巴兹尔拿着手电筒往拐角方向走去。艾米呆呆地站在原地一动不动，她不想碰到这让人恶心的墙壁。她甚至觉得自己的上颚满是腐泥的味道，嘴里越来越苦，味道渐渐蔓延到喉咙口。

"你还在吗？"艾米朝着马特的方向小声问道。

她并没有在第一时间听到马特的声音，她感到极度恐慌。然后马特突然转身，用手机屏幕照着自己的脸回答说："我在。"

这时，在他们前方的巴兹尔正用手电筒光照着那个拐角。他迟疑了一会后走进了黑暗的拐角。艾米和马特不知道他看到了什么，但他的手电筒光似乎来回照着什么东西。

"巴兹尔？"马特试探地叫着他的名字。

就在这时，艾米听到一阵声响。

这并不是普通的声音，而是那种感觉能驱散空气的东西发出的声响，是一个庞大得能塞满整个走道的东西，艾米感觉这个庞大的东西即将冲破黑暗的深处，汹涌而来。这是什么东西在远处移动的声音。那感觉就像有什么就快要朝他们扑过来了。艾米彻底崩溃了。

"快跑！"她边喊边转身冲进黑暗，一路挨着墙壁拼命往回跑。马特紧跟在她身后，他举起自己的手机，微弱的光线勉强能照清楚回去的路。艾米确信这里随时可能坍塌，而他们将永世被困在"蜂巢"里。

很快，艾米和马特冲出了走道尽头的那扇门，回到了干净整齐的Orsk，回到了他们一开始进入的这个狭窄衣柜，四周都是Mesonxic衣橱。他们不停地往前跑，没有人停下来关心巴兹尔是否逃出来了。他只能靠自己了。艾米和马特逃出衣柜，进入展区。他们全速跑过金光大道，直到不小心撞上了厨房展区里的柜台才停止了这一路的疯跑。马特伸手把手机放进他连帽衫的口袋中。

"你看见他们了吗？"马特小声问艾米。

"看见谁？"

"那个走道里有很多人。"

艾米不知道自己当时到底看见了什么，没看见什么。他们两个都蹲下身躲藏在柜台后面，仔细听着周围哪怕一丁点儿风吹草动。

"那是什么声音？"马特突然问道。

艾米竖起耳朵仔细听着。是一阵清脆的铃声。马特拿出手机对着他们身后摆着高脚水杯的Glans酒架，水杯摇摇晃晃，相互碰撞发出声响。此时艾米感觉到地板开始震动。

"有什么东西过来了。"艾米说。

马特的手机瞬间白屏，接着屏幕被震碎了。

马特跑到艾米前面。酒架上的杯子全部散落到地上，碎片摔得到处都是，好像有什么无形的东西把它们全部从酒架上扫了下来。水杯还在继续往下掉，艾米向后躲闪，她紧闭着双眼，不敢睁开。渐渐地房间里恢复了平静。过了一会儿，艾米才敢睁眼看周围的情况。

"马特？"她小声叫着。

马特没有回答，艾米什么都看不见。整个商店都被无尽的黑暗笼罩了，她甚至不知道自己现在的位置。

"马特？求求你回答我。"艾米继续找寻着马特。

依旧没有声音。难道马特就这样把自己抛弃在黑暗中了吗？难道他在这么短短的几秒钟时间内就从前面的门跑出去了？她能怪他吗？ 他们之前共同抛弃了巴兹尔，而现在马特也置她于不顾。他们都只能靠自己了。

在黑暗中，艾米听到了一阵微弱的呼吸声。她顺着声音跑去，一伸手就摸到了马特的衣服："你没事吧？"说着她把手移到马特的手臂处，他身上又湿又冷，衣服上全是泥沙。他全身冰冷，皮肤摸上去毫无生气。当艾米突然意识到这个人根本就不是马特时，他已经把手伸进了她的嘴巴，将她按倒在地板上。

HÜGGA 10

HÜGGA旋转办公椅让生活和工作融为一体，工作享受两不误，让您在惬意的状态下工作，将办公室变成智慧空间。

产品颜色：深色皮革
产品尺寸：长81.92CM　宽65.41CM　高132.72CM
产品编号：0666400917

艾米拼命想要往前爬，却被无数双手拽住了，那些手在她身上蔓延，把她从躲避的地方拖了出来，拽着她的身体继续在地板上拖行，然后一次又一次把她往家具和墙壁上砸。艾米不断地大声尖叫，她害怕得都忘了自己尖叫了有多久。她努力用手抓着地板，但指尖过于用力，指甲像浸湿的邮票一样，活生生地脱落下来。那些冰冷的沾满污泥的手抓住她的脚踝、手腕、脖子，接着又向上延伸，盖住她的脸颊。一阵阵惊恐不断袭来，她感觉自己的头要炸裂了，终于，她放弃了挣扎。

无数双手从四面八方袭来，拖拽她、撕扯她、撞击她，令她窒息。房间里依旧是无尽的黑暗，她快要睡着了。她每次呼吸，都能闻到那股腐泥味。

一群人，或者说一群长着人形的怪物像暴民一样围着艾米。他们身上满是污泥的衣服令她窒息，他们的身体如死尸一般。身上的腐臭味在艾米脑子里久久挥散不去，他们冰凉的身体让艾米全身发冷。紧接着无数双手把她举起来狠狠地摔在一张椅子上。艾米意识到这是一张Poonang的扶手转椅，但椅垫却被拿掉了。一条带子被紧紧地绑在她的胸膛上，她越吸气，带子就越紧，吸干她的肺部，压碎她的肋骨，她甚至没办法呼吸足够的空气来大声呼叫。

她想要用脚踢，但黑暗中那些人形却抓着她的腿，死死控制着她的身体。他们抓住她的两只手腕，绑到椅子两边的扶手上。接着越来越多的手在她身边围绕，伸向她的大腿、膝盖，缠绕在她的脚踝、腰间、肩膀和脖子上。她想要活动一下头部，却忽然间意识到自己的头被紧紧贴着绑在椅子背上，她没办法移动，双眼只能一直看向前方。

她在哪里？家庭办公室展区？或者卧室展区？房间里很黑，艾米无法判断方向。她身边挤满了长着人形的怪物。艾米感觉到他们冰冷的身体散发着腐臭味。虽然艾米身边挤满了人，但整个空间依旧很空荡，就像这些围着她的人都只是影子，没有实体；或者他们根本就不是人，抑或他们根本就不在这里。

这时黑暗中突然传来一个声音。

"你知道，这是为你好。"有个声音说道。

艾米听到声音后恐惧地哭了起来。

"嘘嘘嘘。"约西亚让艾米安静，"这就是你一直以来都需要的，我知道你的所有秘密。"

艾米想要挣扎，但却丝毫动弹不得。

"你有发狂的权利，我很理解。"他在艾米耳边小声说道。艾米能感觉到他说话时喉咙里的喘息声。"狂怒它本身就深入你的骨髓，它使你兴奋。我的这把镇定椅可以限制你的脑供血，放缓你的肌肉运动，减慢你的脉搏跳动频率。必要的时候我还会放你的血，控制你的激动情绪。或者用冰块给你洗澡，还有可能给你泼开水，你无权选择或抵抗。"

艾米隐约感觉到约西亚走到了她的另一边，她吃力地看向他所站的方向，但房间里一片黑暗，她很难看清。

"你的这种狂怒情绪很典型。"约西亚继续说，"你的心理很焦躁，你现在所做的一切也毫无意义。你时刻处于狂怒的情绪中，却并没有产生任何影响。"

他的一席话竟唤起了艾米心底的共鸣。她曾经的确到处横冲直撞，想要达到什么目标。但意义何在呢？那一切真的有意义吗？

"你想要过好生活，这是自然的渴求，即使是像你一样一无所有的女人也抱有这样的期望。但即便你精神上这么想，你的肉体依旧很脆弱。而我的镇定椅可以让你停止挣扎，回到本真的你。它会控制你的肉体。你会静静地坐在这里直到你的血液停止循环。而没有了脆弱肉体的拖累，你的大脑最终会达到你一直渴求的平和状态。这对你来说是一种仁慈的解脱。即使你没能活下来，难道死亡的平和不会胜过你徒劳的烦乱和愚蠢的混乱生活吗？这对你来说是好事，艾米，这是一件好事。"

约西亚伸出一只手敲打艾米的头顶，她极力想缩回头，但全身却一丝力气都没有。约西亚停止了敲打，而艾米也再也没有听见他的动静。

又过了一会后，她感觉自己已经不再是艾米了。

她只是一个物体，一个被绑在椅子上的物体，渐渐地，她快要发疯了。

以前的她并不习惯这样一动不动地待着。平日里，她都总是在变换自己的动作，她不停地走动、蹲下、站直，不停地改变双手双腿的姿势。而现在她却被固定在这张椅子上，动弹不得。艾米感觉到自己的肌肉在抽搐，关节也越来越僵硬，肿胀的双脚已经充血了。在那一刻，所有的疼痛与绝望让她想要大声尖叫，但她根本无法张大嘴巴，甚至不能顺畅地呼吸。

她的后背被紧紧地固定在椅背上，十分痛苦。

双肩也疼痛难耐。她感觉自己的脖子已经没力气支撑起脑袋了。膝盖骨好像要刺穿她的皮肤，疼痛不止，此时，膝盖以下的部分已经完全麻木。但最痛的还是她的手指。

她想要稍稍活动活动手指，但双手却被牢牢地绑在凳子上，好像被什么东西的嘴巴死死咬住，不肯松口。艾米想要试着伸展一下手指，但越挣扎，手上的带子就越紧。她觉得身上的血液都流到了指尖上，一个个肿胀得如红葡萄一般。她的心脏每跳动一下，她都能感觉到脉搏在自己指尖的颤动。

她面前一片虚无，什么都看不见，黑暗将她吞没了，以至于她根本无法分辨自己是睁着眼还是闭着眼。虽然什么都看不见，但艾米能自己想象出周围的一切。她的思维开始运转，她开始回忆这二十四年来自己的生活，开始计算她的付出与得失。她这么多年来所有的拼搏、挣扎、对生活的精打细算，包括今晚双倍工资的值班、平时提着公文包上班，每天处理各种文件，所有的努力与付出是为了什么？

她的生活一天比一天疲累，每天早晨都在疲惫不堪中醒来，每个月她都无法按时缴纳房租，每一周她都悄悄从室友那偷点儿杂货，汽车的汽油从来没有加满过，她总是在找别人借钱，长期处于负债状态，但这些都还不够，生活的转轮越来越快，艾米感觉自己快要跟不上了。

从某种意义上来说，这个椅子就是她的朋友。它把艾米从所有幻想中解脱出来，它让艾米看清事实。她孤身一人，没有人可以帮助她。她之前二十四年的生活都在逃避一件事：成为一个每天穿着制服工作的小小登记员，但偏偏这又是她命中注定要做的事。是时候拥抱她的本真了。

艾米遇到的所有问题的源头就是那些对她编造谎言的人。他们说只要她想做什么就一定可以成功。他们让她去追寻众星捧月的感觉，而一旦她失败了，她就只能做追捧别人的万点繁星中渺小的一颗。他们拍出电影，引诱她天真地相信自己也能干出一番伟大业绩。全都是谎言。因为她的命运从降生那一刻起就注定了，她注定要整天在客户服务中心接电话，帮顾客把行李搬到车上。每天打卡上班，只能在抽烟时借机规划人生。这样的反常思维真是疯狂。只有这把椅子没有对她说谎，它甚至抚平了她的狂暴情绪，她让艾米彻底明白自己的能力所在——那就是一无是处。

有什么东西从黑暗中升起，钻进了艾米的脑子。她意识到自己终于有了一直以来梦寐以求的可以坐着的工作。这样的想法很滑稽，因为它是真真切切的。这是她最不愿意做的事情，但差不多是时候了吧。从一开始她就一次次地失败。她没能逃出和母亲生活的那辆拖车，没能拿到学位，没能通过店铺负责人选拔考试。她生活中没有一件事情是成功的。这就是她的本真：不断失败，不断放弃。如果剖开她的身体，那么她的骨头上一定刻着"失败和放弃"几个刺眼的大字。

一直以来，艾米都在想，如果她放弃挣扎，自甘堕落，生活会变成什么样。她始终记得自己有多害怕，害怕自己放弃抵抗后，会沦落到什么地步。现在这些疑惑终于有了答案，也是一种解脱了吧。就是现在这样，这就是她的下场，这就是最低谷。

当她手臂上的血液不再循环时，一种突如其来的解脱感麻痹了艾米，她感觉不到任何疼痛了。她能感觉到自己的头脑更清醒了，她在痊愈，丢弃多年来的谎言与恼怒。接受自己的自然归属。她会静静地坐在这把椅子上，哪里都不去，什么都不干，她的生活里再也没有了幻想、谎言和无用的挣扎，以及失败的努力尝试。她很感谢这把椅子。这就是她的归宿。

艾米的胸口不断起伏，身上绑绳缠绕得很紧，甚至连呼吸都困难，艾米开始感觉头昏眼花。她动不了，也看不见任何东西，听不见任何声音，她快要不能呼吸了。此时她的脑子里只有重复的几个字。

"我到家了……我到家了……我到家了……"

BODAVEST 11

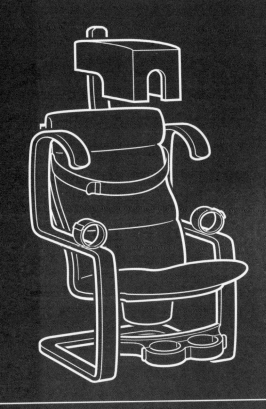

超越传统的镇定椅模式，Bodavest控制忏悔者的身体，减少脑供血，绑定对象将处于完全无法动弹的状态，有益于自我反省及抗拒外界刺激干扰。

产品颜色：浅橡木色、浅桦木色
产品尺寸：长53.98CM　宽62.87CM　高135.26CM
产品编号：5355666200

一双手，艾米感觉她的脸上有一双手，就像是两只没有攻击性的蜘蛛在她的皮肤上爬。她没办法说话，她试着开口，但发出的却是咪咪叫的声音。她想要大声叫喊，但声音似乎被困锁在了脑子里。有光线射入她的眼睛，她的瞳孔收缩得跟针孔一样小。

　　"嘘，嘘，嘘。是我，巴兹尔，你没事吧？"

　　艾米想要把头扭开，却被头上绑着的带子死死固定住。因为她的眼睛已经习惯了黑暗，所以当巴兹尔举起手机照向她时，她觉得自己要被这强烈的光线刺瞎了。如果此时此刻她能开口说话，她会让巴兹尔走开，不要管她。巴兹尔摸了摸艾米身上绑着的带子，如同钢铁般牢固。艾米的全身都麻木了，她身上的血液停止了流动，她的双手和木头一样冰冷，毫无生气。血液快要流干了，它们在痛苦的海洋中慢慢流失，一滴接着一滴。

随后巴兹尔带着手机转身走开了。艾米闭上双眼，眼泪滑过她的脸颊，那是解脱的眼泪。如今她又能独自待在黑暗中了，有人来救她对此时的她来说是残酷的，而当她知道自己不是孤身一人时，心里是感伤的，因为在她内心深处，她清楚地知道自己自始至终都是孤独的。

她下巴上的带子开始越绷越紧，然后突然断掉了。

周围的空气胡乱地钻进她的嘴巴，使她不情愿地猛吸了一口气，但她根本不想把空气吸进肺部。

"慢慢来，不要那么着急，一口一口地呼吸。"巴兹尔对艾米说。

巴兹尔蹲在艾米的椅子后面，一心想要把她从她已经坦然接受的宿命中救出去，艾米好不容易找到了自己一直以来梦寐以求的东西，却要被巴兹尔愚蠢地夺走。假装她可以逃出这把椅子，告诉她那些她已经厌倦的谎言。

"一个称职的好经理会随身携带一把小刀。"巴兹尔说，"因为随时可能会有顾客要求你帮他打开商品包装。"

巴兹尔一下切断了绑在艾米胸口上的带子，突然变得充足的氧气让艾米感觉头晕目眩。她试着开口说话，但发出的都是让人无法听懂的咿咿呀呀声。她能感觉到巴兹尔在她周围来来回回忙活，一会儿在她旁边，一会儿在她后面，用刀一点一点地割着她身上缠绕的绑带。渐渐地，绑在她手指、手腕、前臂和手肘上的带子都被割断了。身上的绑带每被割断一根，她就全身一股酥麻感，而后当血液恢复循环时，她才感觉到手脚剧烈的疼痛，那种剧痛就像用锤子往手指脚趾里面钉钉子，难以忍受。可这又有什么意义呢？她哪儿都不会去，为什么他就是不肯放弃，不肯丢下她不管呢？

"艾米，你说说话。"黑暗中，巴兹尔焦急万分地对艾米说。

艾米还是一点反应也没有，坐在椅子上，浑身颤抖。

"我一直在摸黑找你们。"巴兹尔说，"店里所有的灯都灭了，连安全出口标志都不亮，空调也被关掉了。而且说实话，如果这一切都是那个变态对你做的，那我真的不想在这里浪费时间等着他回来。所以你赶快振作起来。"

艾米依旧一动不动地坐在那里，一个字也没有说。她只是紧紧地闭着双眼，重新沉溺在黑暗中。

"我扶你起来。"巴兹尔说。

艾米还是没有说话。她想只要她不说话，巴兹尔就会自觉地走开。

但没想到巴兹尔竟站到她身后，双手伸到她的腋窝下，一把将她扶了起来。当她站起来的一刹那，身上所有的疼痛感全部转移到了脚上，就像刚烧开的热油泼到了脚上。剧痛让她根本站不稳，一下子从巴兹尔怀中滑落下来，摔倒在地板上。她疼得一边啜泣一边卷起双脚，像婴儿一样把双膝抱到胸前。她想回到椅子上。被困在椅子上时，她什么都不必做，什么痛苦也不必承受，一切是那么简单。

巴兹尔蹲下来，双手抱着艾米的腰，扶着她坐了起来。艾米坐起来后，全身瘫软地靠在墙壁上。

"走开，快离开我。"她小声对着巴兹尔说。

巴兹尔在她身边蹲下，撩开她脸上被汗液弄湿的头发，用手机屏幕对着她的眼睛。艾米双眼空洞，没有一点神采。

"我不能把你一个人丢在这里。我是你的上司，我必须对你的安全负责。"巴兹尔对昏昏沉沉的艾米说。

艾米身子倒向一边，她想顺着墙爬走。她的手臂如火烧般疼痛，整个肌肉像是被撕扯后重新胡乱拼凑到一起，与表面皮肤完全分离开来，怎么动都不对劲。她感觉自己的身体就像老年人一样虚弱。巴兹尔试图阻止她，但她并不想停下来，继续向前爬。她想要重新回到黑暗中，她想结束这无谓的挣扎。她只是一个劲儿地顺着墙壁往前爬。

她心想着：巴兹尔根本就不懂，但如果他继续讲话，那些人形的怪物迟早会听到他的声音并顺着声音找过来，之后它们也会治好巴兹尔的病。想到这里，艾米脸上竟露出了一个微笑。

"不用担心，他会让你做回完整的自己。"艾米对巴兹尔说。

"谁？"巴兹尔问。

"沃思狱长。"

"你是指卡尔吗？那个流浪汉？他就是沃思狱长吗？"

艾米点了点头，即使这么微小的动作也让她再次遭受剧痛。"沃思狱长附身在卡尔体内，卡尔只是他的皮囊。狱长想帮助我们。"

"艾米，我听不懂你在说什么。但你真的很不对劲，你知道我们在哪吗？你知道今天的日期吗？"巴兹尔问。

"我们在'蜂巢'里。"艾米回答。

"这里根本就没有什么'蜂巢'，你头脑不清醒了。"

"这是我们的归宿。"

"我们在Orsk。"

"不，我们一直都在'蜂巢'，这里没有其他地方，一直以来都只是'蜂巢'。"

"好吧。"巴兹尔无奈地回答道。他再一次把艾米扶起来，但艾米仍旧无力地倒在他怀中，当他想要调整姿势时，艾米又摔回到了地板上。这一次艾米希望巴兹尔能彻底放弃，直接扔下她不管。她甘愿任这无尽的黑暗冲刷，被它吞没，被它带走。是的，她失去了镇定椅的保护，不过只要她就待在原地不动，放弃抵抗，乖乖投降，她就仍属于"蜂巢"。

远处传来低沉的隆隆声，艾米知道那是沃思狱长回来救她了，他会把她重新放到椅子上，也许还会进行更残酷的治疗。声音越来越大，艾米放松了身体准备迎接狱长的到来。她厌倦了这不安与支离破碎的感觉，她想成为完整的自己。她寻求黑暗，等待着她的命运主宰。

但昏暗中出现的却是巴兹尔的脸，他用手机屏幕发出的亮光照着前面的路，推着一把Hügga轮滑办公椅朝艾米走来。他一停下来，隆隆声就消失了。他在艾米身边蹲下，对她说："我们马上离开这里。"

"你不理解他为我们每个人量身打造的治愈计划。"艾米对巴兹尔说。

"你说得没错，艾米。我是不知道现在到底是什么情况，但我还是要对你的安全负责。"巴兹尔坚定地说。

他托起艾米的手臂，一把扶起她瘫软的身体，放到了Hügga办公椅上。艾米想要趁机往下滑，但巴兹尔迅速地抓住她的肩膀并重新把她扶正。巴兹尔轻轻推着轮滑办公椅慢慢往前面的金光大道走去。办公椅发出很大的响声，艾米只要一想到这个声音会惊动沃思狱长，把他引过来，就觉得心里很踏实。她心情放松地看着周围，一条横幅无力地悬挂在天花板上。横幅上原本写的是"给你的家带来新生活"，但在这一片漆黑中，艾米只看到了前面几个字：你的家。

巴兹尔前后摇晃着手机，借着显示屏发出的微弱亮光，只能勉强看见摆放着的沙发和扶手椅，却无法看清它们后面到底潜藏着什么。"快要到了。"巴兹尔说，"我们现在就出去，如果我们够幸运的话，警察很快就会赶过来，他们会帮助我把所有人都安全带离这里。"

"我们哪里都去不了。"艾米说。

在他们前面的金光大道上散乱放着各种东倒西歪的家具，Ficaro存储柜、Nelipot多媒体播放器、Gutevol摇椅和Kummerspeck桌子，层层叠放，堆积如山，挡住了去路。在这些叠放的家具旁有一个翻倒的推车。褐色的购物袋也全都胡乱地散落在地板上，地上到处都是碎玻璃。

艾米记起了那满是污泥的手抚摸她脸的感觉。她想逃走，但她必须回去。到底是逃走还是回去？她无从抉择。

"我们得走另外的路了。"巴兹尔小声说。

他转身面向厨房展区，而此时的艾米心里一阵窃喜。她觉得巴兹尔越是挣扎就越快能清醒意识到当下处境的绝望。他们永远都出不去了。无谓的挣扎只会让沃思狱长不断延长他们的刑期。他要是知道艾米已经从镇定椅上逃出来，停止了治疗，一定会大发雷霆的。

巴兹尔推着艾米离开金光大道，想朝厨房和衣柜展区中间的小道走，但却发现那条路也被更多七零八散的家具堵得死死的。巴兹尔一个人可以轻易翻过去，但想把如此虚弱的艾米带过去，这绝不可能办到。

"没关系，我们还可以走其他的路。"巴兹尔依旧不肯放弃。

他推着轮滑办公椅转身朝餐厅展区的方向走。此刻艾米感觉她肺部的疼痛稍微舒缓了一点，她能够正常地呼吸了，头脑也更加清醒，渐渐忘却了在镇定椅上的那些事情。

"你被困住了。"艾米小声对巴兹尔说。

"没事的。"巴兹尔极力安慰着艾米,但他的语气明显没有那么坚定了,"我们从后勤部那边走就好了。"

Hügga轮滑办公椅的其中一个轮子在行进过程中开始不断发出吱吱的响声,像是在对远处黑暗中等待着他们的什么东西发出信号。

"我们根本无路可走。"艾米开口说。

"我们必须得做点什么,不能傻乎乎地爬到沙发下面静静等待天亮。"巴兹尔回答道。

突然,一股冰冷得令人窒息的空气向他们袭来,紧接着传来了之前的腐臭味,就像装满腐肉的火车在黑暗中穿行散发出来的恶臭。艾米被这味道熏得直流眼泪。那味道就在他们身边,很浓。它驱走了艾米之前被治愈的所有想法,此刻她的心里只剩下恐惧。巴兹尔停下来仔细听着周围的动静,之后他蹲下身来。

"你能跑吗?"他对着艾米的耳朵小声问道。

艾米害怕得根本说不出一句话。她当然不能跑,她甚至觉得自己连站都站不起来。

巴兹尔扭头看向四周,第一次感到了恐惧。

"我推着你跑不快。"

他们听见了。是脚步声。几十个,一百个,所有怪物都朝他们的方向整整齐齐地扑来,密密麻麻。巴兹尔立马把艾米从办公椅上扶起来，拽到旁边的走廊上，并把她塞到Petrichor餐桌下面。散发着腐臭的庞大怪物们成群而来，脚下的地在抖动，空气里飘散着恶臭。

"不管发生什么事，都不要跑出来帮我。我可以对付它们，在它们离开之前你就一直待在这里，它们走之后，你赶快离开。"巴兹尔迎着越来越近的巨大脚步声，在艾米耳边小声说。

说完，巴兹尔便转身往金光大道上走。他将手机举过头顶，那是一片漆黑中的唯一一点讯号。黑暗中，有什么东西如巨浪一般朝着他的方向汹涌而来。当那些东西冲破黑暗，扑向巴兹尔的时候，艾米看见了无数双腿和沾满污泥的光脚，它们摩肩接踵地紧挨着向前走的样子看起来好像就是一只庞大的生物。她意识到自己眼前所看到的是一支正在店里行进的军队。它们穿着宽松的条纹上衣和裤子，头挨着头朝前走，每个人的前额都紧贴着前面人的后脑勺。它们一个挨着一个，看上去就像是由死肉组成的巨大蜈蚣，最后在巴兹尔前面几步远的地方停了下来。

巴兹尔极力想要表现出勇敢，他双腿分开，站立在金光大道的正中央，手机的亮光在黑暗中照出了他的轮廓。但紧接着他看见了它们，清清楚楚地看见了。眼前这一幕根本不是他预期的那样。巴兹尔鼓足勇气，支支吾吾地说着之前训练时的话："Orsk晚上不营业，你们这是擅闯私宅。"

对方并没有立即做出反应。

　　这时巴兹尔的手机电量不足，自动关机了，展厅里的最后一丝光线消失了。紧接着所有的忏悔者都瞬间扑向了他。

如何应对破坏分子

当在工作中碰到破坏分子时, 请依照下列步骤进行:

❶ 评估

破坏分子有随行同伙吗?

破坏分子是否意识清醒?

破坏分子是否实施了人身攻击?

❷ 靠近

任何时候均需与另一名团队负责人一同靠近破坏分子。

在能清晰看见破坏分子时再靠近。

必须保持与破坏分子6英尺远的距离。

❸ 示威

明确声明你在Orsk的职位。

向破坏分子解释其所违反的商店指南或规定。

要求破坏分子立即离开。

切记: 顾客与员工的安全是最重要的, 在保证安全的情况下方可保护店内财产及商品不受损坏。

ALBOTERK 12

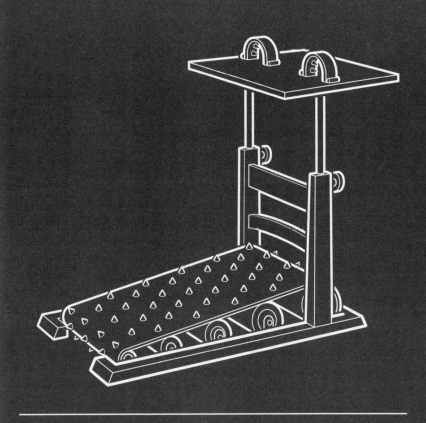

有了Alboterk，您可以永远处于走动状态，无需目的地，一直在路上。无限的可能就在眼前。

产品颜色：灰橡木色、榉木色、深橡木色
产品尺寸：长170.82CM　宽57.79CM　高125.10CM
产品编号：8181666241

艾米努力蜷成一团。她之前脑子里想的诸如希望自己被治愈，希望狱长能找到她的类似想法，全都在她听到从金光大道上传来的声音时消散了。那是把人剁成肉酱的声音。她知道自己眼睁睁看着巴兹尔被残害而没有冲出去帮助他的行为很懦弱，但她不能让它们找到她。她不能再被它们重新绑回到椅子上。她把自己蜷成一个球，努力往桌子底下缩，静静地等着那可怕的声音平息。

　　声音持续了很久。

　　终于，声音停止了。忏悔者军队拖着巴兹尔的身体逐渐散去，但艾米依旧蜷缩在桌子底下，不敢出来。她决定在这里一直待到天亮，直到店里所有的电路自动恢复，第一批早班人员赶来上班。静静待在这里比到处乱晃让人安心多了。然而沃思狱长正在找她，而且她也知道那些忏悔者迟早会回来四处扫荡，寻找她的踪迹，这只是时间问题罢了。她确信它们一定会找到她，就像她确信沃思狱长并不是一个会宽恕别人的人一样。她必须得离开这里，立刻离开。

但她需要有光线照着路才能走出去，而唯一的手电筒却在巴兹尔身上。她四肢撑着身体爬到走廊上，她已经准备好了，准备好迎接黑暗中突然伸出并抓住她后颈的一双手。她爬过走廊，到了金光大道边上。大道上满是稀泥、沙子和其他黏糊糊的东西。空气里充斥着沼泽地的稀泥味。艾米使劲伸手去找巴兹尔的手机。她寻找的时间越久，心里就越恐慌。如果她找不到手机就没有光，没有光她就只能在黑暗里四处摸索，来回绕圈，最终她会迷失方向，永远走不出去，永远被困在这里。

就在这时，她的指尖触碰到了塑料一样的东西。找到了，她心想着。艾米打开了手机电源，屏幕微弱的亮光照到她的脸上。她拿着手机四处晃动，确保周围没有什么异样后开始尝试把屏幕光线调亮的方法。

巴兹尔的手机设置了解锁密码。艾米思考了一会后突然想到Orsk在他心中的重要分量。于是她试着在键盘上输入了与这四个字母对应的数字"6775"，竟然成功解锁了。她进入主页面，迅速找到"手电筒"软件，她点开软件上的开关，灯光一下子亮了起来。

接着艾米努力想要站起来，但她的双腿就和刚长出的嫩枝一样脆弱，她刚一起身就摔倒在地上，左膝盖撞到地面，起了淤青。她的脚很痛，她把膝盖并拢在一起，膝盖关节像脱臼了一样发出声响，她浑身都快散架了，费了很大的劲才爬到一个Sculpin旁边，她弯下身子抱住自己的双脚。

现在她就只能一瘸一拐吃力地向前走，对她而言，自己能成功走下金光大道，进入卧室展区、卫生间展区，最后坚持撑到衣柜展区已经很不容易了。如果顺利的话，她可以从这里走到儿童专区，然后沿着那边的捷径经过储物专区和家庭办公室展区，再走过客厅展区到扶梯那儿，最后就可以顺着扶梯下到商店大门了。

艾米每隔几分钟就拿出手机快速地照一下前面的路，确认自己的方向。每次她打开手机发出亮光时，都预想自己会看见黑暗中有一张扭曲的脸在咧着嘴对她笑，或黑影中会出现一个面色死灰的人形。也许沃思狱长正站在走廊中间，耐心地等她回去。

但她竟顺利到达了家庭办公室展区。她的右手边是一个Smagma书架，上面一排排整齐地摆放着那本《一分设计，十分回报》。艾米拿着手机的手在发抖，那些书的影子也跟着翩翩起舞。接着她来到了熟悉的信息亭前，上面还是那熟悉的问候语：遇到了问题？那就来Orsk吧！一切显得那么正常。这是第一个地标，到了这里就表示艾米走对了方向。

艾米转身向右往家庭办公室展区里面走。当她再次快速打开手机灯光时，忽然瞥见了远处有什么东西在动。她立刻把手机按到胸口上，遮住亮光，然后身子尽量下蹲，躲到一个Karezza矮柜旁边，淤青的膝盖痛得直打哆嗦。

前面绝对有什么东西在动，她能听得见声响。黑暗中传出马达转动的声音，那声音就在金光大道附近。艾米知道自己别无选择。她要想出去就必须走近看看怎么回事。

恐惧侵入骨髓。她四肢着地往金光大道上爬。机器声越来越大，她一步一步靠近，而后听到一阵沉重的喘息声，还伴有其他非人类发出的声音，就像什么黏糊糊的东西被一遍遍地踩踏。机器声音很大，但传来的喘息声更大，艾米意识到这个喘息声很熟悉。她无法控制自己，于是她把巴兹尔的手机从自己肚子上拿起来，照向声音传来的方向。拨开黑暗后，她看到了一台Alboterk跑步机办公桌。黑色跑步带快速转动着，桌面朝前。有一个人在跑步机上挣扎着想要站起来。那个人背上背着重物，脚上穿的运动鞋已经破了，其中一只鞋的鞋底松了，松掉的鞋底在跑步带上不断拍打，就像狗喝水时舌头拍打水面一样。

"特里妮缇？"艾米疑惑地小声叫道。

特里妮缇手腕被包装胶带捆绑到桌子前面，她带来的其中一个装备包被塞满了重物后绑在她的后背上。她听到有人叫她后便转身看向艾米，她的头发已经被汗水浸湿了。

"我看见鬼了。"特里妮缇口齿含混地说，"我终于见到鬼了，但它并不喜欢我。"

"我把你弄下来。"艾米说。

"我很快就会好的。"特里妮缇拒绝了艾米的好意。

"这是不是约西亚干的？"艾米问。

特里妮缇微笑着回答道："沃思狱长答应了要治好我。"

说完她表情一拧，开始大哭起来。

"坚持住。"艾米说。

她走到办公桌前面，试图解开胶带。就在那时她看到了特里妮缇被折磨得不像样的手指。它们全烂了，一大捆铅笔散乱地插在她的手指上，皮肤上充血的地方淤紫一片。艾米找到了胶带头，她小心翼翼地解开，生怕再弄疼特里妮缇，但特里妮缇似乎并没有注意到那些伤口。

接着艾米取下特里妮缇身上的背包，轻轻把她的手从绑着的胶带中解放出来。那个背包太重了，艾米根本拿不动，它直接从艾米手臂中间滚落到地板上。背包的拉链开了，里面装着的Orsk商品目录像内脏一样掉了出来。艾米伸手环住特里妮缇的腰，把她从跑步机上扶了下来。

"不要。"特里妮缇无力地抵抗着。

"嘘。"艾米抱住她，示意她不要说话。

如果那天早上有人来Orsk问艾米她和特里妮缇是不是朋友，她一定会回答："很难说。"但痛苦和恐惧总是能让事情变得简单。此时的特里妮缇和当时的艾米一样，迷失在同一个深渊中，只是这次巴兹尔不会出现在这里拯救她。她只有艾米。

"不要。"特里妮缇不断重复着说，"不，不要。不，不要。"

"我们马上离开这里。"艾米试着模仿当时巴兹尔的语气，她双手环绕着这个挣扎的女孩说，"我不会扔下你的，我保证。"

她揽住特里妮缇的腰，扶着她往前走，她们两个一瘸一拐地走上金光大道。

在她们跟跟跄跄着前行的过程中，艾米一直在小声地自言自语。她希望自己的声音，也就是人类的声音可以让特里妮缇放松下来。"只要我们到了扶梯那里，就可以通过人工解锁打开店里的大门，到外面的停车场去。然后我们去找人帮忙，把他们都叫到这里来。叫很多很多人，你会没事的，大家都会没事的。我们只要从这里出去就可以了。"

她们来到了扶梯顶端。楼下停车场绚丽的橘色光线反射在商店前面的玻璃门上。对一直处在黑暗中的艾米来说，那道光就如同白昼一样明亮。

突然巴兹尔的电话铃声响了起来。

当《神秘博士》的主题曲铃声突然响彻耳边时，艾米被吓得呆住了。

她按下应答键后接起了电话："你好？"

"你去哪里了？"

"是马特吗？"艾米小声对着电话那头问道，"你在哪儿？"

"我一直在瞎转，我觉得我应该在储物专区，我站在一个Smagma旁边。"

"我在客厅展区的扶梯这里。"艾米感觉自己头晕目眩，体力不支。现在多了一个马特，他可以帮她照顾特里妮缇。"你知道怎么过来这里吗？"艾米问马特。

"我现在正跟在特里妮缇身后。"马特说。

"我找到她了,她就在我旁边。"

"我刚刚看到她穿过小路,往衣柜展区那边去了。"

"不,马特,我找到她了,她现在就站在我旁边。"

"我不能把她一个人留在这里。"

艾米把电话拿到特里妮缇跟前说:"跟马特说说话,随便说点什么。"

但特里妮缇只是呆愣愣地站着,一句话也说不出来。艾米把手机重新举回到自己耳边。

"我不能丢下她。"马特说。

"这是个圈套,你中计了。"艾米极力想要劝回马特。

"我等会儿再打给你,我得去追她。"

马特挂断了电话。艾米试着回拨,但电话始终没有人接,最后自动转到了语音信箱。她一抬眼,看见特里妮缇正死死盯着她。

"这个地方就是这样,它把我们引入圈套。"艾米对着特里妮缇说,但特里妮缇似乎并没有听她在讲什么。"我们得继续走。"

当艾米正想着如何把特里妮缇从停止运行的扶梯上弄下去的时候,她抬眼看到了墙上挂着的店里那十位高管人员的照片,一排黑色相框整齐地排列在墙上。但现在这十张相片都变成了约西亚的模样,相片下写着"约西亚·沃思,监狱长"的字样。第一张相片上,他的眼睛部分缺失了;第二张是他满脸缠着绷带的样子,相框玻璃全碎了;下面一张被水完全浸湿,在他的肩膀处留下一滩白色水渍。接下来的照片如出一辙，照片上的他带着一脸可怕的笑容，但每张照片都是残缺的：要么没有眼睛、要么嘴巴那儿，只留下一个黑洞，还有的被钉子刮花，或是被烧焦，又或是被泼了酸。

特里妮缇突然从艾米身边挣脱开，就在她试图跑开的时候，艾米急忙伸手一把勾住了她的T恤。被艾米拽住T恤的特里妮缇慢吞吞地转过身来面向着艾米。

"你这样拽着，我觉得很不舒服。"特里妮缇说。

"快过来。"艾米说着，扭了扭手指拽得更紧了，"我们快出去吧。"

特里妮缇抬头看向艾米，一脸疑惑。

"任何人都不准离开'蜂巢'。"特里妮缇说。

特里妮缇一边说着一边向后退，她挣扎着想要摆脱艾米抓住她T恤的手，她死命挣扎，突然T恤被扯烂了，整个下半截都从她身上掉落下来。艾米低头看看自己手中的半截T恤，又抬头看向特里妮缇，她猛冲向餐厅展区，身影渐渐消失在黑暗中。

"特里妮缇！"艾米对着特里妮缇的背影大喊，全然顾不上自己的声音可能会引来沃思狱长。

但此时特里妮缇已经不见了踪影。她被吞没在黑暗中，就如同一颗黑色的石子被扔进了深不见底的湖里。附近传来重物撞击墙壁和类似书架倒地的声音。艾米被这突如其来的声音吓得立马跑下扶梯。她搭着扶手跟跟跄跄地往下跑，抬头看见不远处通向停车场的玻璃门在钠蒸汽灯的照射下闪着橘色的光。在艾米刚来Orsk的前几天，帕特曾教过她遇上停电时，如何手动打开店里这些门的方法。门框上有一个特殊的按钮，她所要做的只是轻轻按下这个按钮，伸出手指到两扇门的缝隙处，然后直接将门往两边推开。

黑暗中突然传来一阵尖叫，是露丝·安妮的声音。

这是圈套。她在心里一遍遍提醒自己。这个地方就是这样，处处是圈套。

Orsk就是一个让人迷失方向的地方。

它试图让你屈就于早已设定好的购物体验。

这时露丝·安妮的尖叫声再次划破黑暗，像是动物的哀号。

艾米此时感到非常不可思议，因为她无法判断尖叫声是从哪里传来的，也许这声音只是在她自己的脑袋里。

它们是想要拖住你。艾米这样告诉自己：它们就在你身后，它们想把你永远困在这里，不想让你逃出去。她按下人工开锁键，然后将手指挤进门缝中间，用力推门。因为没有电，玻璃门只勉强打开了一点，艾米被挤在只开了两英尺的门缝中间。暖风扑面而来，她拼命将自己从门缝中挤了出去。

她自由了。

KRAANJK

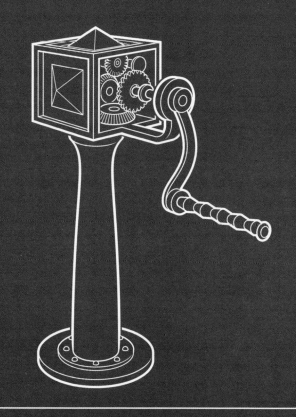

Kraanjk带给你简单的无限循环，手感粗糙的把手加上阻力装备，无限旋转就此开始。100圈、1000圈、10000圈，让人几近绝望的循环转动。即使你身体垮了，它也不会停下来。

产品材料：铁
产品尺寸：长33.66CM　宽34.93CM　高33.66CM
产品编号：4266637111

艾米一直拼命往前跑，直到跑到巨大停车场的中央才停了下来。她调整好呼吸后开始四处寻找警车的踪影，但这诺大的停车场空空如也。

　　"啊，天啊，你们到底在哪儿啊！"艾米抱怨道。

　　艾米站在空荡的停车场上，可以看见外面七十七号大街上行驶着的汽车和卡车的车头灯，她甚至可以看到开车进辅路的出口匝道。

　　"您提供的地址无效"，艾米想起了之前接线员的话，"意思就是，我们电脑的系统显示，您提供的地址不……"

　　不什么呢？不存在吗？这怎么可能呢？

　　艾米接着往停车场边上跑，整个停车场都回荡着她运动鞋拍打沥青地面的声音，她跑到了员工停车区。

露丝·安妮的吉普车停在那里，车尾还贴着"我的另一辆车是哈雷"的字样；旁边停着的是巴兹尔的日产CUBE，牌照是TARDIS1（和《神秘博士》中的超时空旅行设备同名）；还有一辆斯巴鲁，应该是马特或特里妮缇的；最后一辆停着的就是她那辆还在漏油的老破本田思域。

依旧不见警车的踪影，看来她只能靠自己了。

艾米笨拙地从口袋里摸出车钥匙后打开了车门。半开着的车门嗡嗡作响，好像在暗示她打开这扇门、坐进驾驶座是她目前最需要思量的人生问题。你并不是要丢下他们。艾米在心里告诉自己：你是去找人帮忙。这样做是正确的，这是一个好主意。

她随即关上车门，发动引擎，往停车场出口方向开去，她什么都没有多想就一脚把油门踩到底，飞速冲向通往七十七号大街的辅路。

"必须有人从这里出去。"她自言自语道，"必须有人出去找人来帮忙，我这并不是丢下他们，独自逃跑……"

但她就是在逃跑。这是沃思狱长那把折磨人的椅子教会她的东西：她总是过早放弃，然后转身走开。不努力、不尝试是再轻松不过的事情了。被绑在那张椅子上时，艾米觉得投降是一件如此容易的事情。

当快要靠近停车场出口的时候，艾米突然踩下了刹车。她停在那里看着高速公路上亮着的灯光，川流不息的汽车、公交车和拖拉机挂车的车灯不断从她眼前闪过。无疑，那些赶来的警察永远也不会找到那个出口，他们不会来了。

她转头看向身后的店。从远处看，它并不可怕，只是一个用价格低廉的材料建成的、立在沥青地面上的米黄色大箱子而已，其他的就只是空气中的雾气、无数镜子和早已设定好的消费体验罢了。在外面可以将这一事实看得更清楚，轻易就让人忘记里面正在发生的可怕的一切。她的朋友们都还被困在里面。

不，不是她的朋友，他们只是她的同事，并不算朋友。她提醒自己：朋友和同事是不一样的。

但巴兹尔之前却回来救过她。艾米以为他只是回来长篇大论一些Orsk关于责任的鬼话，但他并不只是说说而已，他为了救她而回来了。他把她从那张镇定椅上救下来，还独自面对一支全是由沃思狱长的忏悔者组成的可怕军队，这一切都只是为了保证她的安全。

马特也因为不想丢下特里妮缇一个人而拒绝了独自逃跑的机会，而露丝·安妮，她更不会选择抛弃他们当中任何一个人而独自离开。

他们并不是你的朋友。艾米内心万般挣扎，她还在一遍遍提醒着自己：你不需要这么做，你不需要对他们负责。她闭上眼睛，想起了坐在那张镇定椅上，身上满是伤口和淤青的感觉。坐在驾驶座上就像坐在镇定椅上一样，她感觉眼皮沉重，一股暖流侵袭着她的身体。闭上双眼，她感觉自己是安全的。她松开刹车，车子猛地向前一冲然后又突然停了下来，她立马睁开双眼。她不小心撞到了指甲盖脱落的手指头。

疼痛感蔓延至她的手臂，这下艾米彻底清醒了。目前她还有另外一个选择，就是那张镇定椅。它一直在原地等她，随时欢迎她回去，欢迎她再次放弃，欢迎她坐回到椅子上，永远不要再站起来。

最后，艾米心想：所有事情最终都会面临两个选择：要么倒下投降，要么起来战斗。

她再次发动引擎，把车开回停车场的主入口，然后停在了一小块标有"禁止停放"的黄色标记的场地。她走向主入口，发现大门已经死死关上了。它们当然会关上。艾米双手弯曲成望远镜的形状，透过展厅层的玻璃往里面瞟。她看见黑暗中有阴影在攒动，飞速掠过走廊，在墙壁上一闪而过。那些可怕的小爬虫想要和露丝·安妮单独相处，它们不想艾米回来。

但巴兹尔好像说过员工入口处的大门是坏的。于是她跑到员工入口处，猛地一拉门，门很轻易地就打开了，借着停车场橘黄色的光，她看见墙壁上挂钟显示的时间停在了凌晨三点十五分。只是往店里面看一眼就足够让她害怕了。这是她做出明智选择——转身开车逃跑的最后机会。此刻，她可以闻到店里飘散着的腐臭味，阴冷污浊的空气一阵阵地向门边袭来。她不容自己多想，直接进了门。

她第一个要去的就是休息室，那是他们之前约定好会合的地方。就算她到那里之后发现一个人也没有，也可以在那里找到手电筒、急救箱和其他一些有用的东西。她举起巴兹尔的手机照向左边，看见了通往第二层的楼梯。艾米强迫自己往楼梯口方向走，这时身后的门突然啪的一声关上，她吓得直接跳了起来。

巴兹尔手机的微弱光线映射在四周的墙壁上，艾米借着光往楼梯口走，她高度警惕的心都快要提到嗓子眼儿了。上了楼梯后，她转身走向一条走廊，走廊两边全是办公室的门。每扇门后面都藏着些什么，每扇门都随时准备突然打开，呈现给她不想看到的东西。在手机屏幕光的照射下，她看见两边的墙上都是裂痕，并不断往下滴水，墙壁上到处都是坑坑洼洼的凸起，墙壁涂层开始脱落，大片大片地掉到地板上。

突然什么东西从地板上迅速跑过，又是一只老鼠。全身湿漉漉的，散发着恶臭，它沿着墙壁往前跑，消失在黑暗中。艾米努力让自己冷静下来。她现在根本无暇顾及老鼠这种东西，这只会让她更分心。她深吸了一口气后继续沿着走廊往前走。就在这时，她听见了什么声音，是一扇门被轻轻刮蹭的声音。

无需再感到害怕了。艾米在心里告诉自己，然后鼓起勇气伸手转开了门把手。门开了，门内摆放着一个储物柜，里面装满了纸、黑色标记笔、订书机、打印机墨盒。所有东西都干净整齐地摆放在储物柜的架子上。

但房间后墙的底部有一个洞，旁边全是抓痕，洞的边缘被什么东西染成了黑色。洞口处流出一股阴冷发臭的空气，这时艾米注意到洞旁边的地上有一个什么东西。她蹲下身捡起那个东西，是碧唇修复型莓果味唇膏。艾米吓得立马丢掉，并退到了走廊上。

她之前就预感到休息室那边可能一个人也没有，她是对的，她进到休息室时，里面空荡荡的，一个人影也看不到。她打开门的第一件事情就是找到放在门边靠墙位置的急救箱。当她看到急救箱里放着的黄色手电筒时，心情忽然放松下来。她拿出手电筒，打开开关，房间里刹那间如白昼一般明亮。艾米把巴兹尔的手机放回口袋，用手电筒光照着周围的墙。她检查了Arsle的桌底，想看看下面有没有藏着什么。但那下面什么都没有，没有老鼠，没有穿着睡衣的男人，马特不在，露丝·安妮不在，特里妮缇不在，巴兹尔也不在。忽然某个潮湿阴冷的东西从艾米的头顶拂过，她急忙躲闪。她拿着手电筒到处乱晃，看见了越来越多的阴影。就在这时，一个银色的小东西突然掉在她面前。

艾米抬头向上看，吓得气喘吁吁，她拼命往墙角退。天花板上的水渍面积越来越大，向外凸起，黄色的水一滴一滴从上面滴落到房间中间的地板上。那个隆起的部分看上去随时都会突然爆裂。一股股脏水顺着墙壁直往下流，进入装满神奇工具的篮子，浸湿了一叠叠摆放着的Orsk商品目录，或者说是之前的Orsk商品目录，现在它们散乱在地上，中间还混杂着一些发黄的信纸，信纸上手写着一段话，最上面的日期是1839年5月5日。那段话的内容是这样的：

……简而言之，本委员会认为凯霍加县圆形监狱只是一家精神病人的工厂，其中许多忏悔者在无止境的重复劳动中丧失了清醒的意识，其他人也为绝望所迫而进行自残。这完全违背监狱的宗旨。本应提供有偿劳动的忏悔者被送去地下工作室日复一日地做苦力，折磨得遍体鳞伤，直至无法继续工作，且没有获得任何劳动报酬。约西亚·沃思狱长对此不仅知情，而且不知悔改，得意于此行为。因此本委员会建议即刻勒令关闭凯霍加县圆形监狱。

艾米丢掉了这张纸。这上面讲述的事情她都知道。没有什么可看的。没有人会来，她应该继续去寻找巴兹尔他们。她最后往房间四周瞥了一眼，发现墙壁上的标语内容变了。之前标语上写的是"努力工作让Orsk的我们成为一家人，而努力工作是自由的"，但由于不断受到往下流的水的冲刷，很多字母都掉了，现在上面的字竟变成了"努力工作让你自由。"

就在艾米准备走出门的时候，忽然传来一阵很轻的说话声。附近有人。接着她听到一阵轻轻的刮擦声。她举起手电筒四处查看，但除了她自己之外，周围一个人都没有。艾米把耳朵贴到湿漉漉的墙壁上，对着墙小声问："有人吗？"

墙的对面传来某人的回答，声音极大，艾米吓得急忙跳开了。

"躲起来，我要躲起来，找不到我，看不见我，继续走……"

那声音很尖。艾米一下就听出来那是露丝·安妮的声音。

"是露丝·安妮吗？"

"艾米？"听到声音的露丝·安妮立刻贴到了墙上。

艾米把手放上墙壁，无力地抓着表面的涂层。"露丝·安妮，我会救你出去的。"艾米说。

"不要，不能让它们看见我在这里。"露丝·安妮小声回答道。

"谁？不能让谁看见你？"

"那些可怕的小爬虫。"

"你是从储物柜进去的吗？"

"我找到了一个藏身之处。"

露丝·安妮那边传来什么东西刮墙壁的尖利声音，听起来像是手指甲。就在这时，艾米突然想起储物柜那面墙下的洞以及洞口周围浸染的黑色液体。

"你受伤了吗？"艾米问露丝·安妮。

"刚开始很痛，非常痛，但现在它们找不到我了。"

"回到洞那里去。"艾米一边说一边把手搭到墙壁上，"你能找到回储物柜的路吗？我在那里跟你会合……"

砰！

什么东西突然猛击对面的墙壁，艾米被这巨大的声响震开了。露丝·安妮惊恐地叫道："它们来了！"

"那个洞！在那个洞跟我会合！"艾米大声说。

艾米急忙跑回储物柜，她不知道怎么钻进这个洞，但既然露丝·安妮可以过去，那么她也可以。她俯下身来准备爬进洞的时候，猛然发现什么东西正往外爬。是一只手，一只沾满泥土的手指正死死抓住洞口的边缘。

"帮帮我。"露丝·安妮说。

"把另一只手给我。"

就在艾米伸手想要抓住露丝·安妮两只手腕的时候，她发现根本抓不住。露丝·安妮的手臂因为沾满鲜血而变得很滑，艾米几乎很难抓稳。于是她在自己的牛仔裤上擦了擦手后，更加用力地将露丝·安妮往外拽，终于，她的头和肩膀出来了。"会没事的，你马上就可以回家坐在沙发上看《贵妇的真实生活》了。不会再有这些可怕的小爬虫了。"艾米一边拽一边安慰着露丝·安妮。

艾米抓着露丝·安妮的手时，感觉她的指尖不大对劲。她的指头像硬块一样，指甲盖已经全部脱落了，旁边血肉模糊。露丝·安妮为了挖这个洞把自己的手指折磨得只剩骨头了，每个指头都是血淋淋的。

"艾米！"露丝·安妮大声惊叫着。

她被什么东西抓住了。那东西拖住她一直往后面拽，想要把她拽回洞里。艾米一把抓住她的肩膀，但墙对面的东西太强大了，艾米快要坚持不住了。

"撑住。"艾米说。

"我不想看见它们！"露丝·安妮几乎快要崩溃了。

"我不会放手的。"

艾米的脚用力抵着墙，身子向后倾斜，但最终还是没能抓住露丝·安妮，她被拽回洞里，拖进了黑暗中。

"帮帮我！"

艾米不顾一切地将头钻进洞里。

墙后是一条布满石膏墙板和金属管道的狭窄通道。空间太狭小，艾米没办法四肢撑在地上爬过去。于是她趴下身子，腹部紧贴着地面，用脚推动自己的身体一点一点往前挪。

露丝·安妮仍在被拖着继续往后退，她试图抓住旁边的铝管，但并没有用，她受伤的手根本抓不牢这些管子。艾米疯狂往前爬，伸手一把抓住露丝·安妮的手腕。这时艾米的手电筒滚落了，光亮照射着整个通道。

"抓住你了，我不会放手的，我发誓。"艾米说。

露丝·安妮摇了摇头说道："你不够强大。"好像已经看清了自己的命运似的，露丝·安妮的声音在那一瞬间变得镇定了。

"不，我很强大。"

"不，你不够强大，你只有一个人，而它们却有很多。但我希望你明白一件事，小姑娘，这并不是你的错。"

拖着露丝·安妮往回拽的东西忽然拽得更用力了，虽然艾米极力坚持着不肯放手，但最终还是没能抓住露丝·安妮，她被拖进了黑暗中。艾米紧跟着飞速冲上去，但她的速度不够快，没办法追上对方。

"露丝·安妮！"她大声叫喊着。

此时的露丝·安妮一脸平静，她似乎一点也不害怕。她已经放弃抵抗了，她不想再挣扎了。"你不用担心，"露丝·安妮对艾米说，"如果我看不见它们，它们就看不见我。"

说完，露丝·安妮毫不迟疑地伸出血肉模糊的手，盖住了眼睛。

"不要啊！"艾米尖叫着。

她抓起手电筒照着整个通道，但一切都太迟了，露丝·安妮消失了，只剩下石膏板上的斑斑血迹和又一具尸体被拖进黑暗深处的声音。

早上，在艾米觉得自己要被开除的时候，是露丝·安妮拥抱了她。沙发上的史努比在等着露丝·安妮回家陪它一起看电视。在卡尔弄伤自己的时候，她没有一丁点迟疑，立马冲上去脱下自己的上衣帮他止血。露丝·安妮是他们所有人中最善良的一个。

此时，艾米更加坚定了，她答应自己一定要把其他所有人都救出去，所有人。她不管自己面对的对手到底是谁，也不管接下来会经历什么。她这辈子已经放弃过太多事了，这次她绝不会放弃。发生在露丝·安妮身上的事绝不能再在其他人身上重演。

艾米使劲钻出那个洞，好不容易爬出来的她感觉自己脱了一层皮。她轻轻关上身后储物柜的门，往后勤部方向走去，来到通往展厅层咖啡馆的双扇门前。她关掉手电筒，推开门走了出去。在咖啡馆右边玻璃上反射的橘色光线下，她可以看见自己前面是通往销售层的电梯和楼梯。她的左边是儿童房专区，在黑暗中，她看见无数神秘的黑影闪过。

艾米已经不再害怕了。就在这时，有东西突然移动到她的右边，她迅速打开手电筒照进了咖啡馆。艾米首先看到的是一个男人的背影，穿着一件破旧的灰色条纹外套，艾米看着他双手伸向右边，从旁边另一个男人的手中接过一张Arsle的咖啡椅。他们抱着椅子的腿，举到胸口的高度，然后依次递给下一个人，就像是帮朋友搬家一样。接着那个男人把椅子递给左边的人，他左边的人又传给自己旁边的人，就这样一个接着一个。

艾米数了数，一共二十一个人，她被吓得不敢喘气。她不想知道还有没有更多这样的人。那些男人似乎并没有注意到艾米的存在，它们自顾自地互相传递着椅子，就像流水线一样机械地重复着这个动作。艾米就这样注视着他们。就在这时，她突然感觉到楼梯上有什么东西在移动，她立刻将手电筒转过去。四个阴影正从黑暗的楼梯中走上来，他们并不像咖啡馆里的那些男人一样，骨瘦如柴，全身脏兮兮的。他们戴着帽子，腰间别着警棍，就像机器人一样，面无表情地朝艾米走来。艾米知道他们是狱警，是看守，专门惩戒那些逃跑的罪犯和招惹祸事的麻烦精。她也知道这些狱警是过来抓她的。

艾米的视线从咖啡馆里劳动的那些男人身上移开了几秒钟，而当她再次转回头的时候却发现他们全都放下了手中的椅子，死死地盯着她。

艾米不停地咽口水，感觉胃里开始反酸了。如果她在那一秒是清醒的，一定会拼命逃跑，但她竟被这些阴影人的注视吓得停止了思考，呆站在那里。

他们的脸是艾米见过最恐怖的，全是污泥，整张脸被笼罩在一面黑纱下，就好像是被肮脏的橡皮把五官抹掉了一样，脸上除了难以辨别的黑影之外，什么都没有。没有眼睛，没有鼻子，也没有嘴巴，完全不像人的脸，只是一坨黑影。

艾米转头看向楼梯一边，那些狱警已经爬上了楼梯。看着他们一点点逼近，艾米条件反射般地立马转身跑向儿童房专区。

她急忙关掉手电筒，希望自己能隐藏在黑暗中不被发现。她能听见无数阴影人在她身后移动着追赶她的声音，但她并没有回头看，她只是一个劲儿地疯狂逃窜。她知道自己需要逃到哪里去。一路躲闪过四处摆放的家具，艾米穿过黑暗的儿童房专区和衣柜展区，又跑过卫生间展区，来到了Finnimbrun卧室展区。她打开手电筒，在地板上四处扫。地板上铺满的灰尘和黑色稀泥形成了一条通往Mesonxic衣柜整理系统的轨迹。又回到了她最初逃亡的地方。在衣柜的对面，铁锈色走廊的尽头，有一扇假的木门像小丑的嘴巴一样大张着，等着她进去。

巴兹尔就在那里面，说不定马特和特里妮缇也在。她已经无法挽救露丝·安妮了，但至少她现在可以救一个人，无论是谁。她必须进去。艾米深吸一口气，门内腐臭阴冷的空气扑面而来，进入她的鼻腔，深入肺部。她跑进门去，拿着手电筒一边照射着四周的墙壁一边一点点地向"蜂巢"中心靠近。

JODLÖPP 14

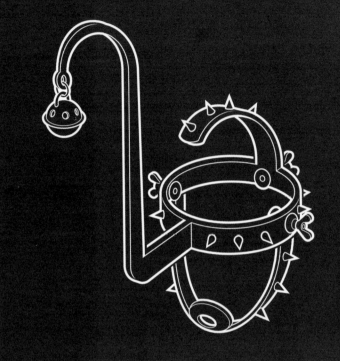

当你戴上这顶极其危险的铁帽时，最好保持直立姿势，一步一步慢慢行走。它卡住头盖骨和脖子，重量让人直不起头。Jodlöpp铁帽配备铃铛，伴随你的脚步发出声响，让你无处藏匿。

产品材料：铁
产品尺寸：长36.20CM　宽47.63CM　高41.28CM
产品编号：3927272666

不知怎么，门内的走廊比她之前来的时候更窄了，空气里充斥的腐臭味迎面而来。艾米拿起手电筒照射这条狭窄的走道，灯光从地上扫到天花板，驱散了周围的黑影。裂痕满满的墙壁被水浸湿，墙体石膏像溃烂的皮肤一样不堪入目。地上铺满沙石，破破烂烂。天花板上有一大块不断往下滴脏水的水渍，水滴在手电筒的照射下闪着光。

　　艾米沿着走道往前跑。走道的前方向右有一个深入黑暗的拐角。当她跑到拐角处时停了下来，迟疑了一会儿，而后举起手电筒跟着感觉继续往前。走道很安静，仿佛在等着她自投罗网。再往前三十英尺的地方有一个丁字分岔口，艾米凭直觉选择了左边。接下来她又走过了好几个分岔口，一步步向"蜂巢"靠近；

越走越深，越来越近。

　　越往前走，走道越狭窄，到后来艾米只能双肩擦着墙走。她边走边竖起耳朵听周围的动静，希望能听到巴兹尔、马特或特里妮缇的声音。但整个走道上只有脏水不断从墙上滴落到她脚旁的声音。这幽闭的走道让艾米毛骨悚然，直觉告诉她如果她现在往回走，身后的路会和她来的时候完全不一样。

　　这是设计好的迷宫。艾米一遍又一遍提醒自己：继续走，不要停下来。

　　向右，向左，向左，向右。又走过了几个拐角。

　　一股冰凉的水从天花板上流下来，掉到艾米的后颈上，她被吓了一跳，立马伸手去擦。滴下来的水中带有黄色的污泥，像是水泡被切开后流出的脓水。两边的墙紧紧挤压着艾米的肩，空气越来越稀薄，艾米开始觉得头痛了。

　　向左，向右，向右，向左。

　　又走过一个拐角，艾米突然定住了脚步。这次她来到了一个和之前迥然不同的走道，这里没有不断往下滴水的破墙。走道两边全是高高的像门一样的铁栅栏，每道铁栅栏门之间距离都是两英尺，栅栏上横穿着一根破烂的铁棒。她不知道此时应该怎么办。但天花板上落下来的水不断拍打着她的头顶，似乎在催促她继续往前走。她不能就这样站在原地。艾米不知道这些铁栅栏有没有上锁，也不知道有没有东西暗暗隐藏在铁栅栏后的黑暗中。但她确信自己离"蜂巢"越来越近了。店内迷乱的布局一度让她迷失方向，混淆不清，但最终她还是找到了这里。

她一步一步坚定地往前走。

"巴兹尔？马特？特里妮缇？"艾米小声地叫着他们的名字。

这时，左前方的铁栅栏里爬出一只白色的蠕虫。艾米走近才发现那是一根手指。突然，成千上万的手从四面八方的铁栅栏缝隙中挤出来，它们感受到了艾米身上的人气，一点一点向她逼近。无数双沾满淤泥的手像海葵一样在阴冷的空气中摇晃，它们发现了艾米。

艾米拿起手电筒，沿着走道疯狂往前跑。无数双苍白的手不停往外挤，铁栅栏被推倒了。墙上到处都是挥舞着的手，像是被施咒后从墙壁里疯狂生长出来的毛发。艾米在走道上狂奔，无数双手不停擦过她的脸、大腿、屁股和胸部。仿佛想扒下她的衣服，刺进她的皮肤。

艾米跑到了另一个丁字分岔口，分岔口左边是更多的铁栅栏和想要挤出铁栅栏的手，于是她选择往右边走。天花板上的水像雨水一样下滴得更快更密了。艾米不断伸手用袖子擦拭脸上的水。又走过了一个拐角，艾米现在完全迷失了方向，但她知道她正在向什么东西靠近。这条走道两边是更大的房间，每个房间之间的距离也隔得更远。她鼓起勇气举着手电筒依次照进每一个房间。里面都是忏悔者们从展厅层搬下来的家具，好像在为过冬筑巢。一间房里摆放着一张Kummerspeck桌子，桌子后面有一把椅子。另一间房里，一张Skoptsy床垫竖着靠在墙面上，表面已经发霉了。还有一间房里放着的是一个已经碎了的玻璃碗，玻璃碎片在手电筒的照射下闪闪发光，在地面形成了一张玻璃地毯，随时准备割开来往者的血管。

　　走道尽头的最后一间房里有一个Mungo毛巾架。它由两根拉过绒的钢条组成。每一根钢条都是时下最新最流行的曲线形。上面一根钢条挂浴巾，下面更细的一根则用来挂擦手巾和换洗的衣服。这是卫生间专区里最畅销的商品之一，但现在这上面却悬挂着一个男人。他的手腕从身后被皮带绑到毛巾架的第一根钢条上，双腿弯曲，双脚被交叉绑在下面的钢条上，整个身子呈一个奇怪的下垂弧形。一个不断往下滴着脏水的Widdiful枕头像套子一样罩在他的头上。艾米一眼就认出了那个男人身上穿的衬衣和裤子。那个男人晃了晃身子，艾米耳边传来一阵柔和的铃铛声。

　　"是巴兹尔吗？"艾米小声问。

　　他低沉痛苦地呻吟着，努力摇晃身子，铃声突然变得很大，响彻整个房间。

　　"是我，没事的，我回来救你了。"艾米对巴兹尔说。

　　她伸出两根手指夹起枕套，把它从巴兹尔的头上扯了下来。巴兹尔的头被钢板夹住，钢板被铁螺钉固定成一个牢笼的形状，用螺栓锁在他的脖子上。巴兹尔的脖子上还戴着一个破旧的金属铃铛。他的一只眼睛肿得几乎睁不开，另一只眼睛周围全是血，下嘴唇裂开了，颧骨上全是淤青。他吃力地转过血迹斑斑的脸，望向艾米。

"我，我？"他含含糊糊地说着。

"我马上放你下来。"艾米说。

巴兹尔开始大口喘着粗气。艾米仔细观察绑在巴兹尔手腕上的皮带，因为皮带和钢条绑得太紧，皮带上的扣环看上去很坚固，根本没法打开。此时巴兹尔的身体重量已经让Mungo底盘一边的螺丝钉松掉了。艾米伸脚抵在墙壁上，使劲拉Mungo上的钢条，巴兹尔也用力下沉身体。钢条断了，巴兹尔脸朝下摔到地上，痛得惨叫连连，脖子上的铃铛来回摇晃，发出刺耳的响声。

现在艾米可以打开巴兹尔手腕上绑着的皮带扣环了，她将巴兹尔的双脚褪出皮带圈，然后轻轻地放到地上。更难取下的是锁在巴兹尔头上的牢笼。艾米伸手扭动牢笼上的螺钉，当螺钉终于开始有所松动时，她舒了一口气。之后，她慢慢将螺钉转松，打开搭扣，取下了牢笼。

摆脱了身上的所有束缚，巴兹尔整个身体缱绻地瘫在地上大口喘气，眼泪顺着他的脸颊不断往下掉。

"现在我要把你的身体翻过来。"艾米说。

当艾米把脸朝下的巴兹尔转过来的时候，他痛得直喘粗气。紧接着艾米伸手拽出他被压在身下的两只手臂，她不断揉搓着他的手腕，试着让它们恢复知觉。"你能听见我说话吗？"艾米问。

艾米不知道怎么回答，她从来不知道断了的手是什么样子。

"我们马上离开这里。"艾米说，"这家店想要阻止我们，它会让你分不清方向，进入你的思想，迷惑进而控制住你。但如果你一直集中精力，就可以战胜它。你必须跟它抗争，听明白了吗？"

巴兹尔看上去很痛苦。他闭上了眼睛。

"我说过让你走的。"巴兹尔说。

"我什么时候听过你的话呢？"艾米反问着回答道。

巴兹尔艰难地做了一个表情，但他的脸因为受伤而变得扭曲了，艾米分辨不出那是个什么表情。他的嘴巴张着，嘴唇紧紧贴着沾满血的牙齿，脸颊和前额泛起皱纹。她这才意识到他是在微笑。

"负责人。"巴兹尔喃喃自语道。

"什么意思？"艾米问。

他清清嗓子，一大口血从嘴巴里喷出来。"我就知道，你会成为店铺负责人。"

艾米扶巴兹尔坐起来，他依靠在潮湿的墙壁上。

"这都是那个狱长干的。"巴兹尔说，"是约西亚·沃思，是他把我弄成这样。他说我既没有能力也没有威慑力。他说会帮我管理我的员工。"

"你是一个好经理，巴兹尔。"

巴兹尔摇摇头，问道："特里妮缇在哪里？"

"她受伤了。"艾米回答，"但是她还在店里，马特正在找她。"

"马特没事吗？"巴兹尔问。

"也不是没事。"艾米迟疑了一会后对巴兹尔说，"我觉得露丝·安妮已经不在了。"她不知道该不该说这句话。

"不在了？"

"意思就是她死了。"

艾米咽了咽口水，她感觉自己的喉咙里像卡了片玻璃一样难受。

巴兹尔头靠着墙，闭上眼睛说："我早就知道今晚不应该把她叫过来，我早就知道的。是我害死了她。是我把事情搞成现在这个样子，是我把露丝·安妮害死的。"

"不是你的错，这不是任何一个人的错。"艾米安慰着痛苦的巴兹尔。

巴兹尔摇了摇头。

"是我做出的这个选择，是我把你们两个叫过来的，这样我就有借口跟你说说话了。"

"你说什么？"艾米疑惑地问。

"我想我知道为什么你这么受欢迎了。"巴兹尔说，"我知道为什么每个人都会愿意跟你说话了。"

"我并没有那么受欢迎。"艾米回答。

"我很无趣。要不是因为我当上了楼层经理，都不会有人愿意跟我说话。"

艾米没有马上做出回答，她沉默着想了想巴兹尔的话。

"无趣并不是最糟糕的事情。"艾米终于给了巴兹尔一个回答。

他们就这样一直静静地坐着，时间过了很久，久到艾米认为巴兹尔都快要睡着了。

"我们得走了，等我们逃出去后，你就可以休息了。"艾米对巴兹尔说。

艾米想扶着巴兹尔站起身来，但他似乎并没有那么想出去。艾米不得不设法给他打气。她对巴兹尔说："你的妹妹正在家里等着你呢，她在等着你回家，她需要你，对不对？"

"明天是她的生日，不，应该说是今天。"巴兹尔说。

"她叫什么名字？"

"肖妮特，她马上就十岁了。"

"你给她买了什么礼物啊？"

"乐高玩具。"巴兹尔说，"她想要一个iPad，但我们正在攒钱。"

"那蛋糕呢？你给她买蛋糕了吗？"

"准备自己做一个。每年生日我们都会自己做蛋糕，这是我们的传统。"

"那我们最好逃出去，然后你就回去，这样你才能开始烘焙蛋糕。"

"再等一分钟，让我再休息一分钟就好了。"

艾米坐在他身旁。她的手电筒快要没电了，发出昏黄的光。好吧，再等一分钟。就这样静静地坐着感觉真好，就这样一动不动，也不用拼命逃跑。真好。他们可以就这样待在这里，等着上早班的员工进来，然后找到他们。不需要再害怕，也不需要再做任何更艰难的抉择了。手电筒的光越来越微弱，最终它会耗尽最后一丝光线，然后他们两个就这样静静地坐在黑暗里等待。

艾米脑子里有另一个声音告诉她，这不是真的，事情不会是这样的。她所遐想的一切都是这栋楼灌输给她的。就像虫子钻进她的脑袋，把过去的习惯和恐惧叼了出来。她使劲儿挤压自己手上手指甲脱落的地方，剧痛让她眼冒金星。身体的疼痛感使得她瞬间清醒过来，她站起身拍了拍手，墙壁传来的声音一直在耳边回荡。"不能再停下休息了，在逃出去之前，我们都不能停下。"艾米说。

巴兹尔抬起头，无力地说："再一分钟就好。"

"不行。"艾米说着便抓住巴兹尔的一只手臂，把他拉了起来。"这家店就是这样战胜我们的。就是当我们放弃尝试，懒得抗争的时候。来吧，巴兹尔，我们走。"

艾米像个体育老师一样，使用各种方式给巴兹尔鼓劲儿，最后他终于站了起来。

"哇。"巴兹尔痛得哀嚎了一声，整个身子趔趄着向右边倒。

艾米伸手卡在他的腋窝下，再次把他扶了起来。血液瞬间冲击到巴兹尔的脚部，他感觉到脚板像钉钉一般剧烈疼痛。巴兹尔痛得直不起身子，艾米双手扶住他，直到疼痛感稍稍减缓。

"往哪边走？"巴兹尔问。

"跟着我走。"虽然艾米也已完全分不清方向，但她的声音充满自信。记得有人告诉过她，走出所有迷宫的方法就是始终顺着右边的墙走。这不算是什么计划，但这会让她集中精力，这就是一个目标，这样可以让她不再多想店里发生的事。

她扶着巴兹尔跌跌撞撞走出房间，但刚走到门口的时候，巴兹尔的腿一软，倒了下去。

"好冷。"巴兹尔哀叫着。

在手电筒昏黄的灯光下，艾米看到巴兹尔赤着的双脚被水浸湿了。一小股细流沿着走道向前流去，水流轻拍着他的脚。

"什么东西溢水了。"艾米说。

"是水管爆了。"巴兹尔一边回答，一边在艾米的搀扶下站了起来。

巴兹尔说对了。紧接着越来越多的水不断流向走道，冲刷着地面。地面积水最多一英寸，但水管里的水还在源源不断地流过来。艾米和巴兹尔加快了步伐，脚步声在整个走廊里回荡。

"我们怎么出去？"巴兹尔问。

就在艾米准备告诉巴兹尔关于一直顺着右边墙壁走的想法时，她想到了一个更好的办法。"我们跟着水流的方向走，水流的方向就是出口的方向。"艾米说。

冰冷的空气从水中升腾起来。艾米和巴兹尔一路跟着水流一直往前走，走过一个拐角后回到了两边都是铁栅栏的那条走道。无数双手感觉到他们的气息后纷纷从铁栅栏里伸出来。

"这是什么？"巴兹尔问。

艾米把快要没电的手电筒一下递给巴兹尔。"一直照着前面，跟紧点。"

"这些手太多了。"

"我们别无选择了，你要放弃吗？"艾米问。

巴兹尔摇了摇头。艾米迅速抓住巴兹尔的腰带，带着他一头冲进了走道。

所有的手瞬间朝艾米袭来，像是一大群得了白化病的蝙蝠从黑暗中飞出，扑向她的脸。那些手不断地抓她、拽她，撕扯她。她只是一路低着头拼命向前跑。成百上千只手大把大把地扯下她的头发，手指伸向她的嘴巴，抓捏她的脸颊，拽下她的衣服，扇打她的眼睛，扰乱她的意识。它们想让她失去平衡，想把她拉过去。

艾米拽着巴兹尔一路跌跌撞撞，跟跟跄跄地往前跑，身上沾满了那些手上的污泥。她想要伸手猛拍那些挡路的脏手，但它们抓住艾米的手指，掰折她的关节，不断撕扯着她的脸。然后所有的手全部消失了。

艾米和巴兹尔成功逃出了那条走道，他们像是泳者终于游到了海滩，累得站在走道的尽头大口大口地喘着粗气。巴兹尔睁大双眼盯着地面，他破裂的嘴唇动了动，没有发出任何声音。之前走道上的那些手撕开了他的伤口，伤口正在大量流血。艾米松开巴兹尔的腰带，俯身一看感觉自己身上特别脏。

"你的头发呢？它们把你的头发扯掉了。"巴兹尔说。

艾米伸手摸到了自己的头皮，上面沾满了血，黏糊糊的。她突然感到脚下一阵冰凉，惊吓得跳了起来。水流进了她的帆布鞋。"继续走，我们就快到了。"艾米对巴兹尔说。

他们先左转，再右转，再右转，始终跟着水流的方向走。艾米知道水越流越多，就说明他们走的方向是正确的，因为水总是会流向没有阻碍的地方。手电筒发出的微弱光线已经不能照到远处了，它只能勉强照清眼前的东西。巴兹尔忍着伤口的剧痛一路紧跟着艾米，当他稍有落后时，艾米就会一把抓住他的手臂往前拉，然后两个人继续快速往前冲。艾米觉得他们就像在即将沉没的船上拼命逃窜的老鼠。

最后当他们再次走过又一个拐角时，终于看到了前方二十英尺处那扇假的白色木门的门背。那里就是回展厅的出口。水流不断冲击着木门，艾米走上前，转开冰冷的门把手，推开了门。门开了，水流喷涌而出，流向卧室展区，流到Pykonnes和Finnimbruns下面。

"一个被水淹没的展厅。"巴兹尔瘫在一张展示床上自言自语道，"总部的人一定会喜欢的。"

"这不是我们该担心的。"艾米说着，从巴兹尔的手上拿过手电筒。借着手电筒的光，他看到巴兹尔身下坐着的是一张床。"这是卧室展区，我们现在在卧室展区，快点起来。"艾米对巴兹尔说。

说完，她拿着手电筒向前跑去，巴兹尔紧跟在后面。手电筒的光线像烛光一样不停跳跃。艾米上下挥动着手电筒，光线在四周的床上移动。

"你在找什么？"巴兹尔问。

"我在找包，马特带来的装备包里面有手电筒。"

"这里太大了，艾米，你不可能找得到。"

艾米停下挥舞的手电筒，光线集中照向一个地方。她走向Müskk床，伸手到床底下，拖出一个湿漉漉的黑色帆布包。

"你刚刚说什么？"艾米对巴兹尔说。

艾米把手伸进包里四处摸索，然后她将整个包遮过来，把包里的东西全部往床上倒，终于在七零八落的装备中找到了一个长长的黑色手电筒。

巴兹尔一把抓起手电筒，打开开关。一缕白色强光刺破黑暗。

"你是我心中新的超级英雄。"巴兹尔对艾米说，"好了，快走吧，我们得去找其他人。"

巴兹尔拿起手电筒四处扫着卧室展区。

"停！"艾米大叫道。

太迟了。光线照清楚了周围的一切。他们四周围着成百上千的忏悔者，它们浑身沾满污泥，分散地站在家具的空隙处，到处都是。巴兹尔移开手电筒，却照到了更多的忏悔者，它们耐心地站在那里等着他们，包围了他们两个，侵占了这里的每一寸土地，此刻展厅里到处都是它们的身影。

艾米一想起被抓住后要绑到那张椅子上的感觉，就害怕得后背一阵发凉，此刻的她像被固定在了地板上，站在原地一动也不敢动。成百上千的忏悔者包围着他们，脸上全是污泥，面无表情，没有呼吸，如尸体般静止不动，周围死一般的沉寂。就在这时，忏悔者群中突然迸发出一阵骚乱，所有忏悔者都同时转向一边，为某个从队伍中冒出来的人让出了一条路。终于，有个人形从一堆尸体般的忏悔者中走了出来。是卡尔，或者说是约西亚·沃思狱长，他伸手轻拍着嘴唇，转头一脸厌恶地斜视着艾米和巴兹尔。

号码：	姓名：	罪行：	刑期：
314	哈诺德·瓦瑟	懒惰·诉讼教唆	~~6年~~ 4年

治疗：他慵懒且一副病快快的模样，我安排他每天在跑步机上连续跑步7小时。他变得虚弱，但我怀疑他装病。
辛勤工作可以摆脱懒惰。

号码：	姓名：	罪行：	刑期：
315	利昂·布利	结交卑贱女性·公开醉酒	~~6年~~ ~~5年~~ 4年

治疗：首末一剂药的疗效显著，他已经镇定下来。没有付出就没有收获。

号码：	姓名：	罪行：	刑期：
316	奥斯本·戈德堡	威胁他人	6年

治疗：这个面色发黄的家伙似乎病得不轻，精神失常且身体机能退化。我们给出的治疗方案是让他一直戴着离心旋转仪，当他变得不安分时，在转盘上待2小时可以让他昏厥，呕吐不止，被自己吐出的脏脏液体所包围。一项充满永恒悲伤与折磨的工作开始了。

号码：	姓名：	罪行：	刑期：
317	马修·斯坦高	部分审判的小数额盗窃	~~6年~~ ~~5年~~

治疗：恐吓他进入工作屋，性情暴戾的他将由我监管，搅拌泥浆每天轮一万次曲柄。注意到他的手已经血肉模糊，手上的肉开始脱落，对健康造成了伤害，于是我们已经剧捧了他的拇指。他现在回到了军队列中。

15

LITTABOD

该产品运用离心力原理导致人出现暂时的意识丧失及意识不清。启动Littabod后，它将永无停歇地转动，集聚自然的原始力量，使之与人体相对抗。足够幸运的顾客只会出现呕吐及永久性脑损伤。

产品颜色：白桦木色、深桦木色、深灰橡木色
产品尺寸：长81.92CM　宽235.59CM　高87CM
产品编号：6595956661

艾米的第一反应是关掉手电筒，像小女孩一样双手抱住头，让它们都走开。就当它们是露丝·安妮害怕的恐怖小爬虫。如果她看不见它们，它们也无法看见她。但她知道这样做太迟了，她已经无处可躲。它们都真真实实地站在她面前，所以她努力让自己睁眼面对它们。

她看见一大片腐烂的肉体，双手无力地垂在两边，双腿扭曲地站着，骨架弯曲，它们的皮肉和身上的破衣服零碎地遮盖在骨架上，浑身散发出腐泥的恶臭。艾米就这样盯着它们，目不转睛。

"工作可以治愈一个人思想上的疾病。"沃思狱长突然大声说道，"这就是将卑贱的金属打造成纯金的贤者之石。"

又是同样的地狱之火的训诫，但这次艾米注意到约西亚的声音跟之前有些不一样。它的声音很遥远，就好像是从信号不好的电话里传来的，甚至更糟。它发出的声音根本对不上它的嘴形，看起来就像是配音超烂的电影演员。

"我觉得我们可以跑过去，往左边跑。"艾米对巴兹尔说。

巴兹尔没有回答，艾米转身看见巴兹尔全身都在冒冷汗，小声地自言自语着什么。

"孩子们，"狱长微笑地看着巴兹尔和艾米说，"你们两个，一个懦弱，一个愚蠢。你们到现在还没有领悟我教给你们的东西，真是让我失望。但我极度有耐心，现在你们该回到我的工厂，加入你们的同伴了，我会治愈你们，让你们变得健康，变得快乐。"

"你的工厂已经关闭了，它早就不复存在了。"艾米说。

"可怜可悲的小淘气。"约西亚说，"我想治好你。我的忏悔者们进来的时候都是腐化堕落的，但我用体力劳动治愈了他们。有些人在治疗过程中受伤，有些人被逼着痛苦地蜕变成全新的自己，但雕刻家为了让石头变成更完美的形状，必须不断打磨，不是吗？难道医生要因为手术的第一刀切下去时病人发出的痛苦惨叫而停止手术吗？"

"我们要走了。"艾米说，"我们会带上我们的朋友离开这里。"

"你现在正病入膏肓，如果这时让你走了，就会违背我自己的誓言。我的上级无法理解我的治愈方法和需要完成的任务，所以他们试图在我的忏悔者们完全治愈前夺走他们，过去我不会容忍这样的事情发生，现在也不会。"

艾米低头看着地上的水流，突然意识到了什么，她向约西亚问道："你做了什么？"

"你应该问我是怎么留下他们的。我做出了最后的牺牲。我让狱警们把他们带到地下工作室，然后锁上了门。我温柔地将那些不配合的忏悔者都关进棺材，这样他们就不会打扰到其他人。然后我打开水闸，让流出的小河轻唱摇篮曲哄他们入眠，就像母亲怀抱着她生病的宝贝孩子一样。"

"你把他们都淹死了。"艾米说。

"我将他们埋藏在时间的长河中，一共三百八十个忏悔者。水流没过他们的头，像面纱一样轻盖住他们的脸。然后我割破了自己的喉咙，我一直撑到最后才死去。我希望我能把忏悔者们都带回来，治好他们。我知道这给我的上级造成了很多不便，我也理解他们因为找不到尸体，而不得不给棺材装满河泥，然后悄悄下葬以平息逝者家属情绪的做法，但我比他们都活得久。这些生了病的人，生性懒惰，偏爱曲解，行为愚蠢，离经叛道，他们应该接受治疗。在他们痊愈之前我不会停止我的劳动治疗法，即使我永远只能每天在夜里开始治疗。这难道不是一种值得颂扬的执着精神吗？我是不是很高尚？"

在约西亚振振有词的时候，艾米抬眼看向四周的人形。它们的脸很模糊，脸上沾满污泥，但艾米不仅不觉得它们邪恶，反倒对它们心生悲悯。这些阶下囚早在很久以前就已经服满刑期了。这些可怜的迷失亡魂，永远不会被释放，永远不能停歇，永无止尽地重复着同样的体力劳动，毫无意义。他们没有把她绑到椅子上是因为他们恨她，他们把她绑到椅子上是因为他们不知道除此之外还能做什么。他们其实早就服满了刑役，是心中的负罪感把他们一直困在这里。

"很遗憾我不能在一夜之间治愈你。"沃思狱长看着艾米说："但你的病情已经恶化了，治疗起来会很困难。"

"我没有病。"艾米说。

"噢，你得病了，而现在你应该和你的朋友们一起，加入他们。有了新的病人真好，因为我还有很多治疗方法要尝试：科顿医生的器官移植理论、高速旋转机、浴水疗法、全浸式治疗法。"

"听我说。"艾米突然大声吼道，声音传遍了整个展厅。"你们不需要再待在这里了。"

周围的黑影人形似乎并没有听见她说的话。

"艾米？"巴兹尔小声问道，"你在干什么？"

狱长全然不顾艾米，继续自顾自地说着："但最终我们还是要依靠辛勤劳动的治疗方法。"艾米不知道是自己的想象，还是狱长真的提高了音量，她觉得约西亚似乎想要盖过她的说话声。"辛苦工作是你们的主效疗药，因为它是能让痛苦转化成你们灵魂利刃的磨石，是让你们腐坏的身体登上健康状态的阶梯。"

"你们已经受过罚了。"艾米继续吼道，"你们在很早以前就已经服满刑期了，你们因为什么坐牢？杀人？不管你们有没有杀他，他也活不到现在；为你们的家人偷吃的？你们的家人如今早已深埋地下了；因为欠公司的钱？你们欠债的那个公司早在一百年前就已经不复存在了。你们已经为自己当年的罪责付出过代价了。"

"当心那些骗子的谎言，那只会诱使你们变成废物。"沃思狱长大声吼道，"你们知道自己的罪孽有多深重，那是永远不能宽恕的罪孽，你们要生生世世赎罪，这是唯一能让你们好起来的方式，这是唯一的真理。"

"没有人把你们困在这里。你们身上没有枷锁，也没有得病，你们不需要治疗。你们随时可以转身离开这里。你们所要做的就是离开这里，拥抱自由。"艾米继续对着周围的黑影说。

忏悔者群内一阵骚乱。

"这样做不好吧。"巴兹尔小声对艾米说。

"自由啊！"艾米顺势继续说，"这里早就不再是监狱了，几十年前这里就已经倒闭了。高墙没有了，也没人会再记得你们当年犯下的罪责！"

"只有辛勤劳动才能获得自由！"沃思狱长歇斯底里地咆哮着，"那才是唯一的自由！因为只有劳动才能让你们腐化的肉体变健康，才能洗刷你们的罪孽，才能……"

"你们身上不再有枷锁！"艾米的声音盖过了狱长，"你们之所以继续在这里受刑是因为你们已经习惯了，其实你们早在几十年前就已经自由了，只是你们从未意识到而已！"

"她是骗子！"沃思狱长尖声叫道，"她用花言巧语愚弄你们，让你们抱有错误的希望。今晚只证明了一件事：你们只有一个终点，没有其他路可走。"

整个展厅突然安静下来。有那么一秒钟艾米觉得会发生奇迹。紧接着沃思狱长从忏悔者堆中挤出来，蹒跚向前，湿漉漉的地板在他的踩踏下不断溅起水花，他开始转起圈来。

"谁敢动我一根汗毛？"沃思狱长大声叫道，"我可是你们的看守！"

就在这时，一大片黑影开始向前移动，它们走上前来围住沃思狱长，然后伸手抓住它，开始用力撕扯，像皮球一样把它从一边猛推到另一边。它们像是一群猛兽一样饥肠辘辘。它们体内的什么东西被释放了。忏悔者们拖着腐臭的沾满污泥的身体蜂拥上前团团包围住沃思狱长，一层又一层，直到艾米和巴兹尔完全看不见它的踪影。艾米听见约西亚撕扯着喉咙长声尖叫。渐渐地，随之出现了液体喷出喉咙的声音，她庆幸自己看不见接下来的场面。

就在她和巴兹尔转身准备离开的时候，一大群忏悔者如石头一般一动不动地挡在他们面前。"他们为什么不动？"巴兹尔小声问艾米。

"我也不知道。"艾米小声回答道："我们往左边走。"

他们向左往金光大道上走，但更多的忏悔者阻挡了他们的去路。这说不通啊。艾米想着：她已经解除了他们的刑期，让他们重获自由了。

"他们想要干什么？"巴兹尔问。

艾米还没来得及回答，那些忏悔者就已经朝他们两个扑了过来，他们如潮水一般汹涌而来，巴兹尔和艾米被挤得摇摇晃晃地来回转圈，很快就被完全淹没在忏悔者群中。当忏悔者向艾米袭来时，她停止了尖叫。这些忏悔者什么都不想要，他们只是和那个统治他们灵魂近一百年的疯子一样罢了。这才是本来面目，他们就是这样的。

巴兹尔想要跑到艾米身边去，却被一大群忏悔者抓住后拖走了，它们对他一顿暴打，巴兹尔被侵吞在这猛攻之下，手中拿着的手电筒所发出的亮光在天花板上来回跳跃闪烁。

又是那把椅子，忏悔者们又要把她绑回到镇定椅上。艾米拼命挣扎，但他们沾满冰凉稀泥的手却如铁一般强壮，它们把她从地上举起来，在头顶上丢来丢去。当它们把艾米扔回地板上时，她感觉天旋地转。借着手电筒若隐若现的光，她才能勉强瞥清周围的情况。她看到一个衣柜像棺材一样敞着门倒在地板上，紧接着忏悔者们就抬起她往那衣柜里塞。

"我不进去，不进去，不进去……"艾米在心里不断对自己说。忏悔者们还在用力把她往衣柜里塞。

终于，她还是被塞了进去，忏悔者们紧接着关上了衣柜门。艾米伸手抵住衣柜门，想找到支点后用力往上推门，但忏悔者数量太庞大了，它们的重量全部压在衣柜门上，不断用力往下压。当她好不容易伸直双臂像举重一样举起了衣柜门，忏悔者们却更加用力往下压，她感觉自己的手肘被这重力下压得弯向其他方向，随时会突然断掉。忏悔者们并没有要停下来的意思，它们继续用力向下压，艾米实在无力抵抗，她松开了手臂，衣柜门啪的一下关上，一股压迫的强气流随即打在她脸上。

躺在衣柜里，艾米听见有什么东西不断猛烈撞击着衣柜门：啪！啪！啪！啪！每一声撞击声在这狭小的空间内都像是近距离射击的枪声。那是钉子钉进衣柜门的声音，门被死死地固定住。锤子的敲打声响彻了整个展厅，"蜂巢"内再次响起了辛劳工作的声音，它重生了。

16

INGALUTT

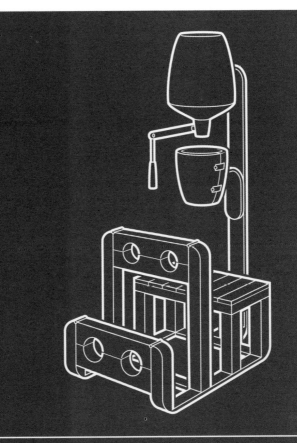

溺水中的恐慌、害怕、无助和渴望以死亡来解脱。这款设计精美的
Ingalutt水疗仪让用户一直承受这样的痛苦，直到疾病完全治愈。

产品颜色：深榉木色、淡棕色、灰橡木色
产品尺寸：长53.98CM　宽57.79CM　高173.36CM
产品编号：0056660043

终于，刺耳的捶打声停止了，整个展厅忽然安静了下来。艾米被完全挤在一个只有六尺长、二十英寸宽的木箱里面，整张脸紧贴在木门上。这个木箱的尺寸和规格像是一口棺材，但艾米清楚地知道这是他们店衣柜专区里最畅销的商品之一——Liripip衣柜。

在这狭小的空间内，艾米连膝盖都无法弯曲，右手也被压在身体下面。她伸出左手用力挤压衣柜门，但在找不到任何支点的情况下，这就堪比移山一样困难。她大口大口地喘气。努力保持着清醒。她告诉自己不会缺氧，告诉自己像Orsk这样的大公司不可能制造出完全密闭的衣柜，不然一个孩子不小心爬到里面了怎么办呢？

但万一这个Liripip衣柜恰好就完全密闭呢？万一那些忏悔者用塑料运输袋牢牢裹住了衣柜呢？万一它们打算把它埋在"蜂巢"的某个地方呢？又或者它们把衣柜放到自助仓库里某个不引人注意的架子上，任由她在里面自生自灭呢？有人会听到她的声音吗？她可能会被困在那里好几个月才被人发现。

艾米尖叫着使劲挣扎，她用肩膀挤压衣柜的两边，但毫无作用。她被困在衣柜里，几乎动弹不得。但她越是不能动，就越是要努力挣扎，越是需要立刻逃出去。

就在这时，她感觉到有水慢慢渗进来。

刚开始艾米觉得很舒服，但渐渐地，水越来越多，她感觉到全身越来越冰冷。她把一只手放在右边大腿处。这冰凉的水冻得她双脚发抖，如果这衣柜里有一点点光线的话，她都能看见自己呼出的空气结成的水雾。

艾米竖起耳朵仔细听着，想要弄清楚到底发生了什么，但她只听得见自己急促的呼吸声。她努力让自己镇静下来，放缓呼吸，然后她听到自己衣服跟衣柜摩擦发出的沙沙声和耳边回荡的尖锐铃声，紧接着她听见水流冲刷展厅和在困住她的Liripip衣柜边流动的声音。

艾米伸出右手手指摸了摸衣柜的底部，它已经变湿，她能感觉到自己的上衣袖子也被水浸湿了。当她再次伸出手指触摸衣柜底部时，水已经积了不少，她的手甚至能在底部拍打起水花。

冰凉的水不断渗入衣柜，艾米的体温越来越低，她冷得咬牙直哆嗦。Liripip衣柜就像一块石头躺在地板上，任由水流持续冲刷。突然衣柜开始往右边滑动。一开始艾米以为是忏悔者把衣柜举了起来，但当衣柜不断摇晃的时候，她意识到衣柜是在水流中漂浮。是洪流把衣柜冲离地面，冲向其他地方。

很快她的右手就被水淹没了。为了能保持呼吸通畅呼吸，她的鼻子紧贴着衣柜的顶层。水位越升越高，已经没过了她的膝盖和手臂，淹没了衣柜的下半层，艾米不断挣扎着，尖叫着。她心想，从一开始逃离镇定椅，到后来的逃出商店，返回来救巴兹尔，再到最后差点又成功逃离，发生了这么多事，她最终还是要死在这里的吧，她会被淹死在这密闭的Liripip衣柜内。

就在这时她才突然清醒过来，对啊，自己是被困在Liripip衣柜里面。

Orsk人尽皆知的一件事就是顾客们都讨厌Liripip衣柜。它们因为价格低廉而相当畅销，但每个购买它的顾客事后都会后悔，那些生气的顾客往往会退货。因为组装这个衣柜是一件相当费力的事情。固定衣柜的顶层需要四个六角螺钉，但想要牢牢固定住它是不可能的，即使好不容易固定好了，只要轻轻一摇动，又会散架。展厅层出售的Liripip衣柜需要当场装好，而这只有员工特有的神器才能做到。和Orsk其他所有称职的员工一样，艾米也随身携带这个工具。

她现在所要做的就是拿出神器，松开衣柜顶层的其中两颗六角螺钉，然后就可以打开衣柜门了。够幸运的话，整个衣柜会像劣质的平板家具一样散架，这在通常情况下是不难办到的，但现在艾米的双手被冰凉的水冻得越来越麻木，身子淹没在水中，周围一片漆黑，真的可以成功吗？衣柜里的水不断拍打着艾米的身子，这时她意识到自己别无选择了。

首先要做的就是把手伸进右边的口袋。但她的右手被压在身下动弹不得，于是她尝试着把压在柜门和自己胸膛之间的左手拿出来，然后用力顶在柜门上，她感觉自己的手腕快要折断了。但她撑了过来，把手成功伸到了腰部。

她的手指不断在腰间的衣服上摸索，终于摸到了像是衣服口袋的地方。她的前臂肌肉紧绷着，这时她突然想到了最糟糕的情况。万一她不小心把神器丢掉了怎么办？万一神器在她逃跑的时候从口袋里掉出来了怎么办？她想要低头看看口袋，但这一动作使她的头牢牢地贴在柜门上，她不小心咬到了自己的舌头。手指在口袋里不断摸索着，突然她摸到了一个又硬又尖的东西。她把神器的金属把手夹在指尖中间后便拽了出来。接下来就是最艰难的部分了。

艾米必须把手从胸膛的位置抽出来并举到头顶上。她的左手像蛇一样从肚子缓缓往脸的方向移动，忍着剧痛，她强迫自己继续往上够。手越伸越远，艾米也疼得发出啜泣声。最后，艾米长呼一口气后猛地一用力，手指终于向上触摸到了衣柜的顶层，但指关节一折，神器从指间滑落下来。

艾米把手伸进冰凉的水中，却完全找不到掉落的神器，她开始慌乱了。衣柜外面的流水声渐渐平缓下来，但她能感觉到洪流不断撞击着衣柜，越来越多的水不停往里渗，水深的高度一点点靠近衣柜门，一点点淹没她的身体。衣柜里的水已经没到了艾米的下巴，刺骨的冰凉戳击着她的全身。水里散发出污油和稀泥的味道。艾米知道神器就在水下，她小心翼翼地摸索着，以免把它推得更远，却始终找不到。

始终找不到。

难道是从缝隙里掉出去了吗？或者是被水冲到她的身体下面，夹在肩胛骨中间，无论她怎么努力都拿不到吗？艾米很清楚如果神器掉到了比她脖子高度更低的地方，她就基本别想拿到了，因为在这样狭小的空间内，她的手肘根本弯不过来，她不可能拿得到，她会被淹死在这衣柜里。

艾米努力让自己平静下来。她想起自己平时丢失东西的方法：到最不可能的地方找。于是她按照这个方法，伸手到神器最不可能掉落到的地方摸索。从她能摸到的最远的地方开始。她把头没进水里，伸手到衣柜底部找。艾米的手完全麻木了，她甚至不能确定当自己真的摸到神器时，能不能感觉得到。

艾米的手慢慢地扫着衣柜底部。忽然，在最不可能的地方，在离她右边肩膀两英寸的地方，她碰到了一个东西。

"找到你了。"艾米自言自语道。

她更加小心地向神奇工具靠近，伸手压住它，用指甲把它从衣柜底部扣起来，然后牢牢地握在掌心里。

　　拿到工具后，她开始伸手找衣柜顶层六角螺钉的位置。因为她的手指已经完全麻木，所以反复试了好几次才找到正确的位置。她把工具插进六角螺钉顶部，开始扭转螺钉。刚开始她觉得自己找不到支点来支撑工具的扭动，而后她伸长手臂，用鼻子抵着手臂上的二头肌，猛地一扭，螺钉开始转动了。

　　艾米每次扭动半圈后就不得不取下工具，重新对准螺钉再次扭转。每当她重复这个动作时，都会打到自己的鼻子和颧骨，但她根本顾不上疼痛。终于，六角螺钉开始松动了，艾米直接伸手去拧。她头部的右半边已经完全淹没在水里，但当螺钉掉落在衣柜底部发出"嗒"的声音时，她松了一口气。她转而找到对面的六角螺钉后开始重复同样的转动过程。

　　她每转动一次，手肘都会猛撞到衣柜的门。然而疼痛并没有让她停下来，她继续努力转动着螺钉。她不停转动，手肘不断撞到衣柜门，这次比上次更难转松。是哪里出问题了吗？是因为她把螺纹磨平了而转不动了吗？就在她疑惑的时候，突然间，螺钉掉了下来。

　　艾米伸脚抵住衣柜底部，左手搭到衣柜顶上使劲一推。过了一会儿，衣柜顶上的木板破裂了，木板上另外一边的螺钉也脱落了下来，紧接着衣柜顶上的木板像天窗一样被推开，并顺着水流走了。水流不断冲进衣柜，艾米双手抓住顶层的两边，像脱皮的蛇一样从衣柜里爬出来后挣扎着站了起来。黑暗中，她听见水流冲刷一切的声音。

"巴兹尔！"她大声呼叫着巴兹尔。

她一眼就看到了漆黑地板上的手电筒光。掉落的镁光手电筒还亮着，它被卡在一个信息亭旁边的Drazel五斗橱下面。艾米迈腿朝手电筒掉落的方向走去，每走一步都像是踩进一堆冰块里。她将手伸进刺骨的水中拿出了手电筒。

拿到手电筒后她立刻开始寻找巴兹尔的踪影。周围的衣柜都被颠倒着放在地板上。在她观察的时候，水流已经淹没了其中两个并把它们冲走了。在距她身后很远的地方，什么东西发出瀑布一般的巨大声响。艾米突然想到：既然自己是被关在一个衣柜里，那么巴兹尔可能也跟她一样。

水面下有一个双门Finnimbrun衣柜，底部朝上，整个柜体用干净的包装袋紧紧裹住。艾米踏着水流走过去敲了敲衣柜门。

"巴兹尔！"她叫喊着。

艾米听见衣柜里传来模糊的叫声。她跑回信息亭，在抽屉里四处翻找，猛地拽出抽屉，把里面所有的东西都倒进水里。商店里平常到处都放着美工刀，但此刻艾米却翻遍了每一个抽屉才在其中一个的最底部找到小刀片。她跑回Finnimburn衣柜旁，一刀划开了衣柜上的塑料包装袋。巴兹尔就浮在衣柜里。艾米把手伸进衣柜，一把抓住巴兹尔的手臂，将他拽了出来，直到那一刻她才意识到自己内心有多害怕看到巴兹尔已经没有呼吸的冰冷尸体。

艾米猛地一拉，将巴兹尔牢牢抱进怀里。"啊！"他大叫起来。

"怎么了？"艾米松开巴兹尔，问道。

"他们弄断了我的手腕。"巴兹尔捧着自己的手腕回答道。

"他们之前把我钉在一个Liripip衣柜里面。你现在能走吗？"艾米问。

"可以。"巴兹尔说着点了点头。

艾米拿出手电筒照着展厅四周的墙，想要找到出去的路。突然她停了下来大声说："我的老天！"

奔腾的水流从每个假门和窗户中喷涌而出，形成巨浪汹涌袭来。整个展厅都被这满是油污的水吞没了，家具被激流冲倒后漂浮在水流中。

"我们得赶快走。"巴兹尔对艾米说。

"但我们必须找到马特和特里妮缇。"艾米回答。

"水流上升得太快了。"

巴兹尔说得没错，此时水已经没过了他们的膝盖。

"我们还有时间。"艾米说，"这是二层，水不可能再淹得更深了。"

"正常情况下是这样没错，但今晚有一件事情是正常的吗？"巴兹尔反问道。

"所以我们就这样扔下他们不管了吗？"

"我们还活着已经很幸运了。"巴兹尔冷得牙齿打颤，结结巴巴地说道，"我们的体温会越来越低，水位也在不断上涨。如果现在我们不马上出去的话，可能永远都出不去了。"

一把Potemkin扶手椅从他们身边漂过，顺着水流不断起伏，朝前门方向流去。

"你保证，我们会回来找他们。"艾米对巴兹尔说。

"我保证。"巴兹尔颤抖地说着，"现在我们快走吧。"

巴兹尔和艾米顺着水流往前门方向跑去。他们经过儿童房专区，艰难地走过一层漂浮的大型熊猫玩偶，它们被水淹没的脸依然在咧着嘴笑。前面水流的声音更大了，水流的速度也越来越快，艾米和巴兹尔几乎快要站不住了。当艾米看见声音的来源时，她的心一沉。他们两个都同时停下了脚步，呆呆地看着通向销售层的楼梯。水流不断冲击着他们的双腿。

水流如激烈的浪潮般喷泄而来，它不只是在冲刷楼梯，而是直接从二楼倾倒下来，形成三挂倾泻而下的水墙瀑布，整个楼梯变成了一条咆哮的水道。

"我们绕路走。"巴兹尔尽量大声对艾米说道，"我们穿过咖啡馆到展厅前面的扶梯那边，然后走扶梯到主入口去。"

艾米举起手电筒照射着咖啡馆，她看见三把Arsle椅子被水流冲翻，颠倒着掉下楼梯，淹没在巨大的浪潮中。

"你能过去吗？"艾米问。

巴兹尔点点头。然后他们两个走进咖啡馆，逃开了楼梯上湍急的瀑布。水流不停冲击着他们，他们每迈一次脚都要承受水流不断的拍打，仿佛想要把他们拖进水中，吞噬他们。激流一遍遍撞击着艾米的腰，水位越来越高，快要淹到她的肩膀了。巴兹尔走在艾米前面，艾米伸手抓住巴兹尔的左手，他的右手死死地垂在身体的一侧。又一把Arsle椅子向他们漂来，顺着水流漂向楼梯的水道。就在椅子漂过他们身边的时候，一条椅子腿绊到了巴兹尔的小腿胫骨，他摔倒了，淹没在这及腰的激流中。

"巴兹尔！"艾米大叫着。

在距离自己六尺远的水面上，艾米看见了巴兹尔的头，他正随着激流快速向楼梯那边的水墙瀑布漂去。艾米小心翼翼地朝他的方向游去。巴兹尔想要站起身来，但他根本站不住，他再一次摔倒在水流中。艾米拼命追赶着巴兹尔，却始终追不上。很快巴兹尔就被水流冲向楼梯，跟着楼梯水道顺流而下，淹没在了楼下的销售层。艾米最后看见的是巴兹尔因为恐惧而大张着的嘴巴和双眼。

艾米沮丧地呼号着。他们原本只差那么几步就可以到达扶梯那边的安全地带了，而现在她却不得不艰难地走到楼下的销售层，然后穿过自助仓库和付款通道后才能到达出口。这段路程太遥远，况且艾米根本不知道巴兹尔被水冲到楼下后，是否还活着。

但是巴兹尔之前为了救她返回来了，所以现在她也必须去救巴兹尔。

艾米蹲下身来坐到激流里，任由自己被这水流吞没。紧接着水流将她冲到了楼梯上的水道，她在这汹涌的激流中翻滚，接着就被冲下了楼梯。当她终于漂到楼梯底部时，紧随其来的浪潮将她沉到了水底。她耳边充斥着水流低沉的咆哮声，她陷入了恐慌，分不清水面的方向。

艾米的前额撞到了一个尖锐的物体，然后她从水下浮了起来，满是油污的脏水从她的脸下奔腾而过。水流把她冲到了离楼梯很远的地方，她在漂流的过程中竟然顺手抓到了一个手电筒，于是她打开手电筒照射着水面。巴兹尔正单手牢牢抱着一捆瓶装水。

"你怎么样？"艾米开口问道。

巴兹尔带着一脸惊讶的表情。他的脸极其苍白，眼神空洞，全身像犯了癫痫一样不停抽搐颤抖。艾米伸手抱住巴兹尔身边的箱子，对他说："我们可以走照明专区的小路到仓库去，然后游泳穿过登记台就可以出去了。"

艾米不知道巴兹尔是在点头还是在颤抖。这时艾米放在箱子上的左手突然被什么尖东西钩住了，她猛地一拉，一个湿漉漉的黑色重物出现在她眼前。

"啊！"艾米一边大叫一边不停甩手。

一只肥硕的黑色老鼠扑通一声掉落到水中，然后迅速游开了。艾米举起手电筒照亮整个房间，水面上到处都漂着老鼠，它们也想要逃离这不断上涨的水流，一大群老鼠爬上架子，像是给架子盖上了一层毯子。它们一个接一个地爬到箱子和其他漂浮着的残破家具上，争抢着可以安全爬行的家具，水面随着它们身体的爬动而上下起伏。

"快走!"艾米对巴兹尔大叫道。

巴兹尔还是一动不动,艾米直接上前,一把揪住他的衣领,把他拖拽到冰凉的水流中。

销售层的布局比展厅层更常规一些,在这里,顾客们推着购物手推车经过一排排摆满日常生活用品的商品架,有盘子、海报、相框、刮刀、卷纸、玻璃杯、塑料盐瓶或胡椒瓶、洗碗巾、餐巾纸和抱枕。而如今所有这些商品全都漂在及胸的水流中。冰凉的水面发出阵阵恶臭,黑暗中不断传来老鼠游动的声音。艾米拽着巴兹尔那只完好的手一直往前。水流不停冲击他们的背,推着他们向前,但他们一路一直绊到被淹没的家具、平板推车和电线。"马上就到了,保持清醒,不要睡着啊。"艾米一遍遍鼓励着身后的巴兹尔。

现在这整个商店的情景让艾米想起飓风之后的惨状。铅笔、瓶装水、湿得一戳就破的商店地图、花盆、镜子、老鼠,所有东西都被冲到了水里,漂浮在水面上。当他们一点点向自助仓库靠近的时候,艾米想到她不需要再这样站着走过去了。她可以漂浮在水面上,顺着水流漂到自助仓库。于是她伸出一只手紧紧环抱在巴兹尔的胸上,把他拖到身后。像这样和那些被淹没的家具残体一起漂浮而不用避开它们,对艾米来说轻松多了。

水流过了转角处速度更快了,艾米和巴兹尔被一下冲进了自助仓库。仓库里高耸的货架一直向上延伸至天花板,大约五十尺高，手电筒在这里根本毫无用处。水流不断冲刷着大楼，艾米耳边萦绕着东西破裂的声音。她头顶上装着平板家具的巨大金属货架开始摇晃，发出嘎吱声，随着货架的摇晃，一箱箱Brooka和Müskk不断掉入水中，溅起巨大的水花。

突然什么东西撞到了艾米的小腿胫骨，她被水里的一块家具残体绊到了。她一只手支撑在地面上，差点丢掉了手中的手电筒，另一只抓住巴兹尔的手一松，巴兹尔便脱离了她的环抱。她拿起手电筒在水面上到处扫，看见巴兹尔跟着水漂向了远处。

"抓住那个架子。"艾米对着巴兹尔大喊。

巴兹尔伸出完好的那只手，一把抓住过道尽头的一个货架紧紧抱着。当他转头看向艾米时，他睁大双眼对远处的她大叫着说："快游过来！千万不要回头！"

而艾米做了一个任何人都会做的举动：她转过了头。

一大片老鼠群正向她压来，它们顺着水流直接朝艾米的脸冲撞过来，成千上万只老鼠正被水推着大势涌向艾米。艾米想象着它们抓挠她的嘴唇，滑进她的嘴巴，钻进她的T恤，撕扯着她的画面，惊慌地拼命向前游。

巴兹尔冲到她身边，两个人一起死命往前猛游。他们成功游过了收银台，这里的天花板只有十尺高，艾米的眼里闪过天花板上挂着"再见"的横幅，身后的老鼠群还在紧随而来。伤痕累累的身体让艾米疼痛难忍。她的双臂被水泡成铅灰色，寒冷侵蚀着她的皮肤，嘴唇也被这满是油污的水泡得龟裂了。

但他们就快要到了。她能看见通往停车场的玻璃门，玻璃门几乎被水淹没，但还是能看到门的最上面。橘黄色的光从外面倾泻进来，在这样一个漫漫长夜后，这束光就像白昼一样给予人希望。艾米游到玻璃门上的传感器处，不断挥舞着手臂，紧接着她伸出手开始拍打锤敲传感器，门却依然没有开。因为没有电，所以玻璃门被死锁，打不开了。水从两扇门之间的狭小缝隙穿出去，涌向人行道，传出阵阵水流声。

"老鼠，来了。"巴兹尔咬牙哆嗦着说。

艾米被这让人绝望的情景击垮了。她和巴兹尔会被困在这玻璃门内，他们会淹死在这里。老鼠也紧随他们而来，就在这时，水流突然停止了冲刷。

再过几分钟，老鼠会全部向他们袭来，爬上他们的脸，踩到他们身上，把他们压入水中，好让它们自己能浮在水面上。他们会被老鼠不断抓挠，撕咬，一大群老鼠会如龙卷风一般汹涌而来，而艾米和巴兹尔会被它们撕成碎片或者直接淹死在水里。

"灭火器。"艾米突然开口道。

"什么？"巴兹尔艰难地挣扎着，努力让自己浮在水面上。

"在哪里？放在门的哪一边？"

"好像是左边？对，左边，不对，右边，右边，"紧接着巴兹尔又摇摇头说，"或者左边。"

艾米紧盯着巴兹尔说："我只有一次机会。"

"左边，绝对在左边。"巴兹尔坚定地说。

艾米深吸了一口气后便潜入水中。

水里混杂着太多化学物品，艾米感觉自己的眼睛快要被灼瞎了，但她强忍着刺痛努力睁大眼睛。她身体下潜，游到门的一边，抓着门中间的玻璃滑条，越潜越深。手电筒的光在水中发生了严重的折射，但对艾米来说只要有光就够了。她找到放在左边门上的灭火器，把它取了下来，灭火器太重了，上面写着：如遇紧急情况，请打碎玻璃。

就在这时，什么坚硬的东西拍打到艾米的背上，她的腿被缠住了。艾米慌乱地挣扎着。当她意识到缠着她的是一把Poonang椅子时，手中的灭火器已经滑落下去，安静地躺在水底。

艾米一脚踢开椅子，潜入水底寻找灭火器。她的肺快要炸了，但她没有时间再浮到水面上呼吸新鲜空气了。她潜到距水底仅三尺深的地方，一把抓起灭火器。她靠在玻璃门上，大口呼出气泡。艾米把灭火器举过肩膀，撞向玻璃门。

由于水的阻力，灭火器只是轻敲了一下玻璃门，灭火器的底部几乎没有碰撞到门。玻璃门太厚了，她找不到支撑点。手中的灭火器也很重，它从玻璃门上弹了回来，艾米快要撑不住了。玻璃门是模模糊糊的橘黄色，透过玻璃，艾米看见外面有什么东西在交替闪着红色和蓝色的光。是警报器吗？警察来了吗？

艾米感到眼前一黑。就差那么一点点。她心想着，就差那么一点点了。她这一生都在不断后退，永远达不到目标，总是选择退出，总是不断放弃，但这次她真的尽力了，只是一切都太迟了。

她不可能浮到水面上，但她还有机会再搏一次。只要最后一次，之后她就可以永远放弃了。

最后一次。

她将灭火器的底部抵到玻璃门上，牢牢抓住灭火器向后移了三英寸。艾米在心里大声叫喊着，使出全身的力气，拿起灭火器猛撞向玻璃门。灭火器撞上玻璃门后，在艾米手中不停地颤动，玻璃门也跟着前后晃动。

但玻璃门并没有被撞碎。

艾米放手了，灭火器从她的手中掉落下来，她的意识开始模糊，大量脏水不断涌进她的肺里，她沉入黑暗的水中，手电筒的光也越来越微弱。她就要回到那个一直在等待她的镇定椅上了。

就在这时，耳边传来如嫩枝断裂一般的声音，紧接着玻璃上出现了裂痕，艾米心中又重燃起希望。裂痕越来越大，伴随着冰块碎裂一般的声音。整条裂痕一直延伸到玻璃门的最上角，然后在强大水压的冲击下，玻璃门碎了。

就在那一瞬间，洪流涌出，玻璃碎裂了，艾米和玻璃碎片一起被身后汹涌而来的急流冲向停车场。她的头撞上了门的顶端，鲜血从伤口喷射而出，她被水搅得头晕目眩，翻滚着被水流冲向

Orsk前面的人行道，身边各种杂物、老鼠、安全玻璃和浸湿的胶带散落一地，浸泡在脏水中。

GURNË 17

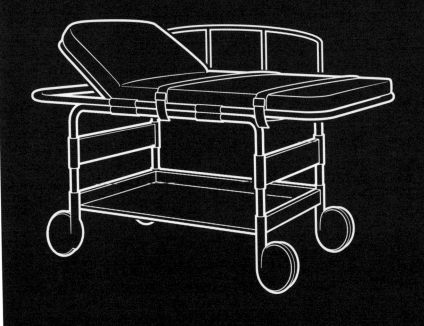

放松身体，躺上这张设计精美的硬垫手推床，它可以带你去任何你理想的目的地。不管是快速游览至急救中心，还是悠然漫步到验尸官的办公室，Gumë手推床都将让您在安享舒适的同时送您抵达目的地。

产品材料：镀锌钢
产品规格：长191.14CM　宽65.41CM　高79.38CM
产品编号：7743666252

水流把艾米推向人行道，艾米顺着奔腾的水流在地面上打转，穿过水泥路，最后被冲到了停车场的沥青地面上。水流还在不断涌来，带着无数蠕动的老鼠从商店喷涌而出，冲刷着人行道。其中一只老鼠被水流推着撞上了艾米的胸口。艾米试着站起来，但刚一起身就被身后倾泻而来的急流冲倒了。她爬起来，浮出水面，大口吐着脏水。膝盖和手掌血肉模糊。她艰难地爬起身，倒向一边，然后闭上了双眼。

　　"女士，你没事吧？"

　　艾米扭头寻找着巴兹尔的踪影。巴兹尔就在入口附近，身边围着一群消防员。他们正在检查他的心跳，向他询问问题。

　　"女士，你能听见我说话吗？"

艾米努力地坐起来，凯霍加县警局的一位年轻办事员正站在她身边，他看起来几乎只有十四岁。艾米挣扎着站起身，办事员伸手扶住她的手肘，把她交给了一位警员，艾米紧紧地拽住那位警员，不断发出抽噎的声音。

"快叫急救人员过来。"警员对着身后大吼，然后转向艾米低声说，"你撞破了头……"

艾米伸出指尖摸了摸自己的前额，额头上一块淤紫的皮肤掉落在额前。当她移开手的时候，看见自己的手指极其苍白，黏糊糊的。停车场橘黄色的灯光滤过她的鲜血，艾米低头盯着自己身上的血迹。她不用再拼命逃离Orsk了，她解放了，此时的艾米已精神恍惚。

一个看起来像是中后卫球员的医务人员从警员手中接过艾米，把她扶到救护车车尾。救护车里灯光明亮。医务人员把艾米扶坐到后保险杠上，艾米就想这样一直被这明亮的灯光围住。

"小姐你叫什么名字？"医务人员问。

"艾米。"

医务人员举起一个小巧的手电筒照向艾米的瞳孔。"艾米，你知道今天是哪天吗？"

"昨天的后一天。"

医务人员笑了笑说道："那我们是不是可以断定你的头部没有受到严重损伤呢？"

艾米点了点头，勉强挤出笑容。

"不要动。"医务人员说，"尽量不要动，在到达急诊室之前我会照顾好你的。"

这让艾米很安心。医务人员拿起一只体温计放进艾米的耳朵，认真看着上面的读数，然后打开一张银色太空毯搭在艾米的肩膀上给她保暖，止住她的颤抖。艾米想要再次站起身来，医务人员见状伸手搭在艾米的肩膀上，把她轻轻按了下来。"再过几分钟就好了。"说完他戴上蓝色的乳胶手套，开始检查艾米的头部。

警员们在商店门口围起黄色警戒线。消防卡车四处停放着，无数消防员贴在商店门口的玻璃上窥探里面的情况。在救护车的后面停放了一排小汽车，四周到处都站着人，他们有的正冲着电话大喊大叫，有的拿起手机在拍照，还有的开着车门，坐在驾驶座上打电话，向电话那头的人直播眼前看到的惨烈情景。一群警员尖声叫着，不停抬脚闪躲着顺水流过来的湿漉漉的老鼠。

"你在这里啊，艾米！还好你没事，真是谢天谢地！"艾米听到有人叫自己的名字便转过头去看说话的人。是帕特，商店的总经理。他穿着范·海伦头像的T恤和运动长裤向艾米的方向慢跑过来。"她没事吧？"帕特向艾米身边的医务人员问道。

"目前没什么问题。"医务人员一边剪断最后一截绷带一边回答，"送到急救室缝合几针，保证她的体温正常，应该就会没事了。"

"谢天谢地。"帕特转身对艾米说，"你一脸震惊的表情，怎么了？你没事吧？医生，她没事吧？"

"我没事。"艾米说。

"这里发生什么事了，简直一团糟。"帕特说。

艾米望向被水淹没的商店，水流还在不断向停车场喷涌。现场除了警员和消防人员外，到处都站着穿防风夹克衫和运动裤的人，他们有的正大声跟对方说话，有的在打电话。有一个人一只手托着一台笔记本电脑在发邮件。艾米知道这些人就是从公司总部来的咨询小组。他们准时到达了这里。艾米低头看着自己满是油污的衣服、破烂的帆布鞋和裂口的牛仔裤。

"我不知道。"她终于开口了，"巴兹尔没事吧？"

"他的一只手断了，需要马上送去医院，但你放心吧，他会没事的。"

"你还看到其他人了吗？"

"其他人？"帕特疑惑地眨了眨眼问道，"还有其他人吗？"

"有，马特、特里妮缇和露丝·安妮，我们当时都在一起。"

"哦，我的老天。"帕特说完便转身快步走到咨询小组跟前，伸手指向Orsk，比比划划地对他们说着什么。

艾米走到巴兹尔身边，他已经被消防员们抬到了一辆云梯卡车的后面。他脸色苍白，沾满水的脸上、颧骨上到处都是淤青。他张开嘴对着艾米微笑，嘴唇上的一处伤口又裂开了，鲜红的血液流下来，在灯光下闪着光。

"哇，你的头。"巴兹尔看着艾米撞破的头惊讶地说。

"他们几个没有出来。"艾米说，"我本希望他们都可以逃出来，但现在出来的却只有我们两个。"

巴兹尔立马收起笑容站起身来，手臂因为疼痛而不断抽搐。

"年轻人，你最好在倒下去之前赶紧坐下。"一个消防员对巴兹尔说。

巴兹尔没有回答，他和艾米一起走到边上。

"帕特在做什么？"巴兹尔问。

"他能做什么？店里的水全部排干了以后，他们就会找到马特他们三个人的尸体。"

艾米逃离Orsk后的解脱感在顷刻间灰飞烟灭。

"可能不会，我们不知道里面现在是什么情况。"巴兹尔说。

"我知道。"艾米说，"里面曾经是一座监狱，而我们在它的废墟上又建起了一座新的监狱，以前被关在里面的所有罪犯全部都跑出来了，他们都到这个新监狱来了。"

巴兹尔望着商店点了点头。

"是啊，好像是这样的。"

停车场突然传来一阵骚乱，艾米和巴兹尔都转身望向身后。19频道新闻快报的车开进停车场，一字排开停在商店门前。一些警员跑上前去阻拦，而此时，Orsk公司总部的咨询小组人员全都退回到自己的车上。

"他们会怎么解释这一切呢？"艾米问。

"他们会想出一个合理的解释。"巴兹尔说，"帕特已经两次提到这栋大楼的建筑承包商了，说不定会闹上法庭。"

"那你呢？他们会因为今天的事而怪罪你吗？"

"我会责怪我自己。"巴兹尔说，"我为了保住自己愚蠢的工作，把你们都叫到这里来。虽然我并没有叫马特和特里妮缇，但我是当时在场的唯一一个上级，我应该对你们所有人的安全负责。可我却把他们都害死了。"

"不是这样的。"艾米说。

"嘿，你们两个！"帕特走过来，拿着手机，冲着艾米和巴兹尔打了声响指问道："这是什么意思？是我们的人吗？"

屏幕上是一条只有两个字的短信：救我。艾米一眼就认出了这个手机号码。"这是马特！"她大叫着说道，"快打给他。"

帕特拨通了电话，但电话只响了三声后便转接到了语音信箱。

艾米一把夺过手机，飞速地敲打着键盘：你在哪？

他们三个静静地盯着屏幕，等了差不多一分钟后终于收到了短信回复：救我。

"他还活着。"艾米说，"马特还活着。"

帕特拿过手机，急忙跑去告诉咨询小组这个消息。

"他会发生什么事呢？"艾米问巴兹尔。

"我不知道，我想他的手机终究会没电的。"巴兹尔回答。

这一句话让他们两个都陷入了沉思。

这时，一位医务人员跑过来打破了沉默："小姐，我们得马上赶去急救室了。即使你的朋友还在商店里，消防员也会找到他们的。"

"不，他们找不到的。"艾米说。

说完，艾米和巴兹尔转身跟着医务人员回到救护车上。帕特跟了上来，而咨询小组的成员们则远远地坐在车里看着他们。

"你们停一停，我们能单独说几句话吗？"帕特向医务人员问道。

医务人员点点头后便退到了一边。帕特转身对着艾米和巴兹尔。

"我知道你们都经历了极其糟糕的事情，我代表Orsk向你们表达最诚挚的歉意。另外我还想向你们保证，无论今晚这里发生了什么事情，都不会有人为此而受到任何责罚。我们所有的损失都会由保险公司承担，明白了吗？巴兹尔，你听明白了吗？"

"谢谢。"巴兹尔回答。

"Orsk是一个大家庭。"帕特继续说，"我们互相依靠，互相照顾。咨询小组想让你们知道这次的事故不会导致你们任何一个人在Orsk结束职业生涯，事实上，这只是一个开始。现在有一个地区的区域办事处有两个职位空缺，很好的职位，就在宾夕法尼亚州，那边正好有人员变动，你们中的一个可以调去那边，或者两个都去。"

"意思是我们会升职吗？"巴兹尔问。

"那两个职位都是坐办公室的工作，每月有固定工资，且福利齐全。"说完帕特拿出一张名片递到巴兹尔手中。名片的背后写的并不是Orsk的邮件地址。"这是汤姆·拉森本人的，接下来的二十四小时之内他会亲自给你们打电话。"

"我不明白。"巴兹尔说。

"我们的唯一要求就是你们不要向媒体透露任何事情，暂时不要。他们不会理解这一切，而你们的话只会让全国的电视观众产生疑惑。接下来我们会展开全面调查，我们会与建造师和承包商谈话。当我们知道事情的原委之后会立即告诉你们。如果到了可以和媒体沟通的时候，Orsk保证你们在接受媒体采访时，身边会有熟悉媒体工作者的人教你们怎么回答。我们会把你们和露丝·安妮的家人都安顿好。"

"还有马特和特里妮缇。"艾米补充说。

"这个嘛，就不一样了。"帕特说，"我知道你们都声称他们在店里，但我确信今晚的一切都一定让你们懵了，可能你们会很难分清眼前发生的事情。你们要知道打卡机上并没有他们两个人的记录。"

"他们在。"艾米坚定地回答。

"我知道你坚信这个事实，但现在的情况已经够棘手了，别再把任何人掺和进来了。所以不要再编造故事火上浇油了。"

"他们当时就在店里。"艾米重复道，"我看见他们了，我还拖着特里妮缇在商店里绕了半圈，我和马特也说过话，我没有疯，没有胡说。”

"没有人说你疯了。但我们真正想知道的是如果他们的名字没有出现在打卡机上，巴兹尔也没有给他们任何酬劳的话，那我们还需要对他们负责吗？"帕特说。

说着，帕特再次拿出一张名片，背面写着和巴兹尔那张一模一样的邮件地址。艾米感觉到胸口的怒火越来越强烈，她冷冷地说道："所以我们就为了保住自己的工作而保持沉默？"

"是'更好的'工作，双赢。"帕特说。

"你是认真的吗？你手下有三个员工死了，而你却在这里收买我们？"艾米一把扔掉名片说道，"你可以保住自己更好的工作，帕特，而我们宁愿在马路旁边捡垃圾也不愿再在Orsk苟且一天，是吧，巴兹尔？"

"我知道你现在很难过……"帕特说。

"难过？"艾米大声打断了帕特。新闻台的女主持人听到了艾米的声音，她拽着身边的摄像师围着警戒线走，想要离艾米近一点。Orsk的咨询小组一脸警惕地看着他们。"有人死了，我也差点死了，而你想做的第一件事竟是撇清自己的责任？你知道那里面有多糟糕吗？"艾米愤怒地说。

"艾米，不要再说了。"这时巴兹尔说道，"帕特说得对，事已至此，他们两个本来就不应该出现在这里。"

此时，艾米感觉自己被狠狠扇了一巴掌。

"你要站在他那边吗？"艾米问。

"我也很想发泄出来，但这已经不再归我们管了，交给这些专业人士吧，他们会妥善处理的。我还要照顾我的小妹妹。他们现在提供给我们这么好的工作，你就高兴一下吧。"巴兹尔说。

怒火在艾米心中熊熊燃烧。她和巴兹尔一起经历的每件事，店里面所有的可怕事情，好像从来都没有发生过。此刻，前所未有的孤独感正一点一滴侵蚀着她。

"发生了这样的事情，我真的觉得很抱歉。"帕特说，"我们会私下致以他们家人最诚挚的慰问。我们会与建造师和承包商商量，让他们对此次悲剧负责。我们会想办法保护所有人的利益。你和巴兹尔也不要因为这件事情责怪自己。你们不需要对马特、特里妮缇和露丝·安妮负责。"

艾米甩手打向帕特的头。她之前从来没有打过人，所以力气并不太大。但她的这一举动让帕特很是惊愕。

"你这个混蛋！"艾米对着帕特吼道，"他们就是我们的责任。"

EPILÖG

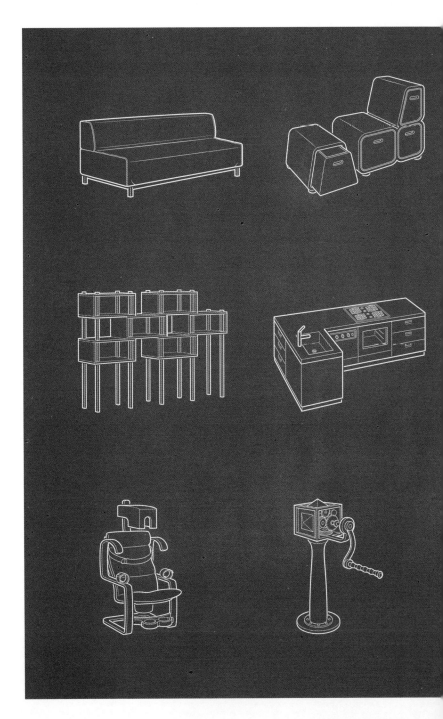

尾声

　　Orsk的确对外给出了一个合乎逻辑的解释：一根主水管道破裂了，而刚好自助洒水系统也出了故障，所以酿成这样的惨剧。当保险理赔核算员进入到店里核查的时候，所有的假门都是密封的，衣柜也都被损坏了，没有忏悔者，没有尸体，除了一场洪灾之外，没有其他任何事发生过的痕迹。保险单上就简单地写了一个存货损失。

　　至今都没有人找到马特、特里妮缇或露丝·安妮。Orsk出钱为他们举办了追悼会并安置了他们各自的家人。马特和特里妮缇的追悼会很低调，Orsk始终没有承认他们两个当时就在店里。法院在Orsk公司总部、建筑公司和承包商之间又进行了新一轮的仲裁，但没有人提起诉讼，也没有人向媒体公开。至于卡尔，他的尸体依旧没有找到，他的名字也从来没有出现在任何一篇与此次惨剧有关的文章里，艾米不知道这是因为他是个无家可归的流浪汉，还是因为他自始至终就没有存在过，因为她似乎成了这世界上唯一记得他的人。

特里妮缇的追悼会只允许追悼会所在教会的成员参加。参加马特追悼会的全是他高中和社区大学的同学。追悼会上，好几个人念了自己的追悼词，还有一个唱得很烂的歌手。巴兹尔也出席了马特的追悼会，但艾米却躲着不愿见他。露丝·安妮的追悼会一共有一百三十四个人参加，他们都是Orsk的员工或顾客。他们致着悼词，哭泣着，诉说着露丝·安妮曾经对他们多贴心，史努比就坐在前面摆满鲜花和相框的桌子上。很多人都穿着Orsk的制服来参加追悼会。艾米站在最后面，追悼会进行到一半的时候她就离开了。这样的追悼会只会徒增她内心的麻木。

Orsk风波过去一周后，公司的法务部给艾米寄了一封信，信上说公司认为Orsk的每个员工都是这个大家庭的一分子，因此会友好地对待每一个员工。如果艾米愿意签署一份协议，保证不提起任何诉讼，公司愿意向她支付一大笔抚恤金，信上从头到尾都没有提及过公司的责任或错误。艾米根本不在意，她甚至看都没看一眼就在协议上签了字。九十天后，敦豪快递公司给艾米送来了八千三百九十七美元。

艾米难以入睡。她妈妈的新老公杰勒德把她从急救室接出来送回拖车的第一个晚上，她妈妈因为过度伤心而神志不清，所以在他们赶回来之前自己就吃了一片药早早地睡了。艾米打开拖车里的每一盏灯，拉上所有的窗帘。她把经过加工处理后的事情经过告诉了杰勒德，故事里面没有忏悔者，没有那些可怕的通道，也没有发生被钉死在衣柜里这件事。但整个事情经过听上去那么不真实，连艾米自己都能看出杰勒德认为她没有说出真相。过了一会儿，杰勒德也去睡觉了，只剩下艾米一个人。艾米筋疲力尽，但她依旧很害怕自己一个人独自待着，于是她拿起一个枕头走进她妈妈的房间，睡在床边的地板上，却始终合不上眼。

第二天，艾米依然精神恍惚，不停地在各种时候犯困：正吃着午饭的时候，和她妈妈说话的时候，和以前的室友通电话的时候。她的朋友接连打了四个电话才接通，之后她又被朋友拉进了三角通话，大家都在夸她多么勇敢，能逃出来多么不容易，每个人都在问她当时的真实情况。过了几分钟后，他们意识到从艾米这里并不会听到什么劲爆的故事，于是剩下的时间，大家都在想着要怎么自然地结束这无聊的通话。

几周后，杰勒德开车去艾米租的公寓，拿回了她的行李，缴清了她之前欠下的房租。艾米浑然不知。之后，他帮艾米把行李拿到她以前的卧室，但艾米一直没有整理。她每天都穿着同一条运动裤，一天中的大部分时间都在睡觉。

艾米的妈妈最初每天都会鼓励她，就连杰勒德也加入了这场让她重新振作起来的战斗，但渐渐地他们越来越失望。而不久之后，杰勒德又提出让艾米重回大学或另外找份工作，不一定是卖东西，什么工作都可以，她甚至可以专门去帮别人遛狗，只要有一份工作就行。她不能余生都待在卧室里，没日没夜地看电视。

但艾米什么都不想做，她就想这样整日整夜看电视。她看了太多集《贵妇的真实生活》，甚至连她自己都没意识到她竟然把每一季的每一集都看了至少两遍。之后她开始在iTunes上花钱看电影，一周花掉了一百四十七美元。巴兹尔给她发了五封邮件，她连看都没看一眼就直接删掉了。看邮件对她来说太耗费精力。后来她又看了很多悲伤题材的书，甚至开始读《圣经》，但她只漫不经心地读了几句后就丢到一边，再也没有打开过。

在灾难发生后的一周内，艾米每天都关注着和Orsk有关的各种新闻，但几天之后，这场灾难就淡出了人们的视野，艾米也不再继续关注了。她每天照常吃饭，照常在白天睡觉，回避她妈妈和杰勒德提出的各种问题。她就这样漫无目的地活着。

六个月过去了，七个月过去了。到了圣诞节，艾米的妈妈开车去探望她的姑父姑妈，而艾米则把自己关在卧室里，她下午六点就睡着了，在新年那天的凌晨三点醒来后却再也无法入眠，接下来的两天她都睡不着觉。过完了一月，又熬过了二月，日子一天天从日历上被划掉，每一天都如出一辙。

有时候，艾米会毫无缘由地大哭。有时她会悄声流上好几个小时的眼泪，可连她自己都不知道为什么。就这样熬过了三月。四月来了，她的妈妈和杰勒德两人独自去尼亚加拉大瀑布度假，顺道探望艾米的表亲，而艾米依旧没去。她独自待在拖车里的时间太久，所以她在杰勒德和她妈妈两个人出去度假的时候，自己去酒店订了一个房间。她不出门、不说话，也不接受治疗。每天只是吃饭、睡觉，就这样漫无目的地活着。

直到有一天，她找到了目标。

那次洪水灾难过后，在所有的新闻报道都平息后，在Orsk的发言人上《与克里斯·马休斯一起刨根问底》节目时大谈特谈对员工人身安全的重视后，在所有的追悼会后，Orsk搬出了小镇。自从那次事件之后，Orsk所在的大楼就开始发霉，破烂不堪，整栋楼需要重建，而Orsk的创始人汤姆·拉森并不想再在这栋充满负面报道的楼上花一分钱，转让出去是更轻松的解决办法。

出人意料的是，在那次灾难事件过去十三个月后，另一家大型零售店——星球宝贝买下了这栋大楼。这是一家主营婴儿产品的一站式的大型卖场。它的宣传标语是"有了星球宝贝，你会发现生宝宝不仅是你做的最棒选择，更是尽享激动人心生活的开始"。

艾米看到星球宝贝的开业报道时，立刻开车去填写了一份求职申请表。第二天，艾米意外地接到星球宝贝人力资源部的电话，她被聘为了楼层经理助理。但这件事她一直瞒着杰勒德和她妈妈，直到她正式上班的前一天，才把这个消息告诉他们。他们听后都很高兴，接着杰勒德对艾米说："你能重新振作起来，我们都很欣慰，因为你也是时候帮我们分摊一下房租了，你可不能就那么一直堕落下去。"他的这番话仿佛是代表他和她妈妈两个人说的。

　　上班的第一天，艾米滴了Visine眼药水后又接连喝了六杯咖啡，然后开着她那辆破本田思域上了通往河滨公园快车道的支路，依旧是那段熟悉的上班路。到了停车场后，艾米习惯性地把车停在了大楼的边上，这是她以前经常停放的位置，那时这里还不是星球宝贝，那时这栋大楼还是Orsk。

　　如今这家店已经不再是Orsk了，但却还是之前的那栋楼。以前Orsk的暗色调被星球宝贝替换成了明亮的基础色系。店内墙壁上到处都是用蜡笔画的蹒跚学步的小孩，它们仿佛是在替那些还不会说话的宝宝传递信息，提醒爸爸妈妈们买下那些他们急需的商品。谢谢你，星球宝贝。

　　艾米走向店内的后勤部，刚好碰上了人力资源经理。她买了一套工作服后就去更衣室换上了，面料柔软的牛仔裤搭配直筒的粉色罩衫。她注意到这里没有员工穿帆布鞋，所有人穿的都是锐步鞋，女性员工穿粉色，男性员工穿蓝色。于是她顺手记在笔记本上，提醒自己也去买一双，她想尽力融入这个集体。

　　艾米迟到了几分钟，她的向导带她穿过楼层，加入到已经开始营业的店内参观。和Orsk一样，星球宝贝也在某些同样的地方设置了同样的展区，大多都是游戏室展区、婴儿室展区和宝宝长大后的儿童房展区。让艾米心里暗喜的是为了给顾客营造一种真实感，星球宝贝也给这些展区里安装了密封在墙上的假门。

　　穿过蜿蜒的走道和摆放整齐的展区，向导把她带到了楼层经理跟前，他正在发表讲话，一大群实习生围着他津津有味地听着。"我们的任务是引导顾客而不是完全主宰他们的消费。顾客来星球宝贝是一次花钱的体验，但必须是一次好的体验，所以第一次和顾客接触至关重要。"

楼层经理看到向导带着艾米来了以后对她点了点头，然后继续振振有词。

"到星球宝贝来消费的通常有两种类型的顾客：一种是只看不买的，另一种是见到什么都买的。而我们在展厅层的任务不是让他们当场买下自己计划好要买的商品，而是不断激发他们的消费欲，让他们从展厅层走到楼下，也就是我们所称的宝贝商城，那才是消费之旅的开始。"

艾米仰坐到凳子上，漫不经心地学习着这套她再熟悉不过的营销手段。下午六点下班后，她到77号大街上的潘娜拉面包店享受了一顿价格不菲的晚餐，然后跑去迪克体育用品店和家得宝家居店买了一些限时降价的促销商品。接着她返回到星球宝贝的停车场，坐在车上开始静静地等待。

一群身穿黄色工作服的清洁团队人员在晚上十一点时到达，从员工入口处进入了店内。艾米打开车门，拉紧背包的肩带。背包很重，因为里面装满了手电筒、电池、螺丝刀、小刀、五百码的钓鱼线、百尺长的夜光卷尺、眼罩和三个星球宝贝特制的神器，这一次，她不会再在走道上迷路了。她可以用夜光卷尺和钓鱼线来标记她所走过的路，这样当她找到马特他们时就可以沿着标记把他们都带出来。

最后一个从员工入口进去的是一个又矮又壮的清洁工，留着山羊胡子，脖子上有文身。当他打卡进入大楼后，艾米紧跟着快速冲上去，她想要在门关上之前跑进去。但她还是没能赶上，她的车停放的位置距离员工入口的门太远，她竭尽全力猛冲过去，但指尖刚好碰到门把手，门就啪的一声关上了。她懊恼得狠狠踢了门座底部一脚。

"我来开门。"一个声音突然传来。

艾米转身看见巴兹尔正朝她走过来。他长胖了，脸上的伤口也基本恢复了。他的小腿胫骨上有一条鼓起的小伤疤，左边眉毛上也留下了一处疤痕。右前臂上戴着一个应激损伤支架。这时，巴兹尔拿出了他在星球宝贝的工作证。

"我就记得我在排班表上看见了你的名字。你背包里装了什么？"巴兹尔问。

她不可能告诉巴兹尔这种暗箭伤人的人，但她还是忍不住想知道这段时间以来他都经历了些什么。

"你在Orsk公司的伟大抱负没有实现，真是遗憾，你一定经历了很大的痛苦才从汤姆·拉森给你的折磨中走出来吧。"艾米讽刺着说。

"我从没有给他发过邮件，一次都没有。"巴兹尔说，"我做不到。去年一整年我几乎都在麦当劳工作。"

"好吧，那真是恭喜你了，你终于有了点良知。"

"我来这里工作已经三个月了，我是这里的运营副经理。你的背包里到底装了什么？"

"我得走了。"艾米说着便转身准备离开，"如果你在上班的时候碰到我，不要跟我说话，我们之间没什么好说的，听懂了吗？"

"我打赌你背包里面装的东西跟我的一样。手电筒、电池、便携暖手袋，我甚至还带了胡椒喷雾剂。虽然我并不知道这个东西对那些怪物会不会管用，但我准备今晚试一试。"

艾米心中的怒火熄灭了，取而代之的是满腹的疑惑。

"你在说什么啊？"艾米问。

"他们也是我的朋友。"巴兹尔说，"更重要的是，保证他们的人身安全本就是我的职责。我之前也试过告诉你，但是你一直听不进去。"他压低声音，继续小声说道，"对了，我已经在半夜进去过一次了。'蜂巢'还在，通往'蜂巢'的门也还在。"

"那马特和特里妮缇呢？他们怎么样了？你有看到他们两个吗？"

"还没有。你也是为这个而来的吗？"

"我要把他们都救出来。"艾米点头一边回答，"一直以来，所有人都告诉我这一切都结束了，一切都回到了正轨，但我不想回到正轨。我不喜欢以前的那个我，我想继续做回那天晚上的自己。"

"现在的情况比你记忆中的更糟了。没有领头羊之后，这些忏悔者就没有了组织，更加混乱了。虽然躲避它们比之前要容易，但这家店依旧会进入你的大脑，腐蚀你的思想，墙上画的那些小孩画像也让整个店越发诡异。进去之后尽量不要看那些婴儿床，明白吗？"

"我会小心翼翼的，我会弄清楚这地方到底是怎么回事。而且我会一次次地回来，一次次地尝试，直到找到他们为止。不管什么时候，在这件事彻底结束之前我都绝不会放弃。"

他们相视一笑后艾米移开了视线。空气很潮湿，雾气升腾。巴兹尔拿出工作证对着打卡器扫了一下，艾米听见"哔"的一声，门锁开了，巴兹尔拉开了大门。

艾米和巴兹尔打开手电筒，走进了店内。艾米想说些什么，她想告诉巴兹尔她已经变了，告诉他她很高兴自己之前对他的不满都是误会，很高兴他为马特他们回来了。但她只是默默进了门，什么都没有说。他们已经没有时间可以再浪费了，接下来还有很艰难的任务等着他们去完成。

立减5美元

星球宝贝尿布包

降价特惠只在2017年7月27日举行, 商品只限进店购买, 每位顾客一次性限购一包, 本商品不参与其他产品活动。如需退货, 则按打折价退还。该优惠价格只在美国范围内享受。了解更多退货详情及其他条款, 请致电客户服务中心。

LIMITED TIME ONLY!

9折优惠

婴幼儿睡衣裤

降价特惠只在2017年7月27日举行, 商品只限进店购买, 每位顾客一次性限购一套, 本商品不参与其他产品活动。如需退货, 则按打折价退还。该优惠价格只在美国范围内享受。了解更多退货详情及其他条款, 请致电客户服务中心。

LIMITED TIME ONLY!

买一送一

五折优惠

活动即将结束, 欲购从速!

任何品牌的婴幼儿配方奶粉（500克）

降价特惠只在2017年7月27日举行, 商品只限进店购买, 库存充足时, 每位顾客一次性限购一罐, 有机或优质产品不参与此活动。如需退货, 则按打折价退还。该优惠价格只在美国范围内享受。不得对该优惠券进行复制或转让使用。了解更多退货详情及其他条款, 请致电客户服务中心。

立减10美元

星球宝贝任意床上用品

降价特惠只在2017年7月27日举行, 商品只限进店购买, 每位顾客一次性限购一套, 本商品不参与其他产品活动。如需退货, 则按打折价退还。该优惠价格只在美国范围内享受。了解更多退货详情及其他条款, 请致电客户服务中心。

LIMITED TIME ONLY!

75折特惠

星球宝贝所有婴儿家具

降价特惠只在2017年7月27日举行, 商品只限进店购买, 每位顾客一次性限购一套, 本商品不参与其他产品活动。如需退货, 则按打折价退还。该优惠价格只在美国范围内享受。了解更多退货详情及其他条款, 请致电客户服务中心。

LIMITED TIME ONLY!

快来

Planet Baby

星球宝贝

全天售卖活动来啦！
24小时不打烊！

7月27日，

星球宝贝将为宝爸宝妈们提供全天候购物服务，

营业时间为27日早上6点至次日早上6点！

好玩到你永远都不想离开！

ORSK:
给每个人
更好的家。

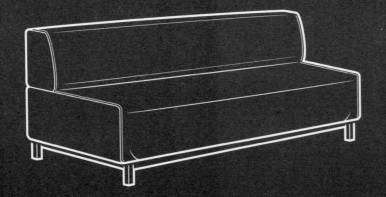

ORSK（美国店）对以下经营伙伴深表感谢：

感谢ORSK（法戈店）的亚历山大·索尔达娜和克劳迪亚·希柏里多在当地分店最近遭遇人力资源危机时伸出援手。

欢迎在欧盟执法的我们的新联络员斯泰恩·摩恩以及ORSK（印斯茅斯店）的新任经理约翰·乔瑟夫·亚当斯。

送别ORSK（伦敦店）的朗德·洛克，乔丹·哈默斯利将接替他的职务，我们对她的到来表示衷心感谢。

感谢分管ORSK（加拿大店）的区域经理凯塔琳娜·格里高利齐维克安排指导最新的员工安置事宜。

最后，本店始终未曾忘怀Orsk（北约克店）员工阿曼达·科恩在一次通宵进行的团队建设活动中不幸失踪，且距今已有三个月之久，在此，本店向阿曼达·科恩的家属及朋友致以最深切的同情。

我们从不停歇
我们从不休息
此刻，我们把服务送到您家

ORSKUSA.COM

您在哪里，Orsk就在哪里。这是Orsk对每位顾客的承诺。无论您到哪里，我们的网站和手机app都将为您提供一对一服务。让自己沉溺在我们为您呈现的数据空间吧，欢迎来到一个全新的世界！

图书在版编目（CIP）数据

深夜疑家家居 / (美) 格雷迪·亨德里克斯著 ; 崔玲译. -- 北京 : 北京时代华文书局, 2017.3
书名原文: Horrorstor
ISBN 978-7-5699-1390-3

Ⅰ.①深… Ⅱ.①格…②崔… Ⅲ.①推理小说—美
国—现代 Ⅳ.①I712.45

中国版本图书馆CIP数据核字(2017)第013304号
北京市版权著作权合同登记号 图字：01-2016-6677

Grady Hendrix
HORROSTÖR

深夜疑家家居
SHENYE YIJIAJIAJU

作　　者｜[美] 格雷迪·亨德里克斯
译　　者｜崔　玲

出 版 人｜王训海
策划编辑｜黄思远
责任编辑｜王　水　黄思远
装帧设计｜迟　稳
责任印制｜刘　银　范玉洁

出版发行｜北京时代华文书局 http://www.bjsdsj.com.cn
　　　　　北京市东城区安定门外大街136号皇城国际大厦A座8楼
　　　　　邮编：100011　电话：010 - 64267955　64267677
印　　刷｜三河市祥达印刷包装有限公司　0316-3656589
　　　　　（如发现印装质量问题，请与印刷厂联系调换）
开　　本｜787×1092mm　1/16　印　张｜17.5　字　数｜180千字
版　　次｜2017年5月第1版　印　次｜2017年5月第1次印刷
书　　号｜ISBN 978-7-5699-1390-3
定　　价｜49.00元